涼宮ハルヒの消失

谷川 流

角川文庫
21439

目次

プロローグ

地球をアイスピックでつついたとしたら、ちょうど良い感じにカチ割れるんじゃないかというくらいに冷え切った朝だった。いっそのこと、むしろ率先してカチ割りたいほどだ。

とはいえ寒いのも当然で、それは今が冬だからだ。一ヶ月ちょい前の文化祭までがやたら暑かったと思えば十二月になった途端、ど忘れを思い出したかのように急激に冷え込みやがり、今年の日本には秋がなかったことを身にしみて実感する。誰かが商売繁盛の判じ物を呪文と勘違いしたんじゃないだろうな。シベリア寒気団の連中も、たまにはルートを変更すればいいのに。こう毎年やってくることもないだろう。

地球の公転周期が狂ってやしないかと、俺が母なる大地の健康を気遣いながら歩いていると、

「よっ、キョン」

追いついてきた軽薄な男が水素並みに軽い調子で俺の肩を叩いた。立ち止まるのは

おっくうなので振り返るだけにした。

「よう、谷口」

と俺は返答し、また前を向いて遥かな高みにある坂のてっぺんを恨めしく眺める。

こんな坂道を毎日のように上っているんだから、体育の授業なんざもっと削ってもいいんじゃないか？ 毎朝がハイキングの通学路を歩く生徒への心配りを担任岡部他の体育教師ももっとするべきだ。どうせ自分たちは車で来てるんだし。

「何をジジむさいこと言ってんだ。早足で歩け。いい運動だぜ。身体が暖まるだろ。俺なんか、ほら見ろ、セーターも着てねえ。夏場は最悪だが、この季節にはちょうどいいぜ」

やたら元気なのはいいことだが、その素となるのは何だ。俺にも少し振りかけてくれ。

谷口はしまらない口元をニヤリとゆがめ、

「期末テストも終わっただろ。おかげで今年中に学校で学ぶことなんかもう何もねえよ。それよりもだ、素晴らしいイベントがもうすぐやってくるじゃねえか！」

期末テストなら全校生徒に対して平等に降りかかり、平等に終わった。不公平なのは採点されて戻ってきた解答用紙に書き込まれている数字くらいのものだろう。

俺はそろそろ予備校の心配をし始めた母親の様子を思い出しながら気分を暗澹とさ

せた。来年、二年になれば、クラス分けは志望校に沿って行われる。文系か理系か、国公立か私立か。さあ、どうしような。

「そんなこと後で考えりゃあいい」谷口は笑い飛ばした。「もっと別に考えることがあるだろ？　今日が何月何日がお前知ってるか？」

「十二月十七日」と俺。「それがどうしたんだ？」

「どうしたもこうしたもねえ。一週間後に胸が躍るような日がやってくるのを、お前は知らんのか？」

「ああ、なるほど」俺は正解を思いついた。「終業式だな。確かに冬休みは心待ちするに足りるイベントだ」

　しかし谷口は、山火事に出くわした小動物のような一瞥をみまい、

「違うだろ！　一週間後の日付をよーく思い出してみろ。自ずと解答にたどり着くだろーが」

「ふん」

　俺は鼻を鳴らして、もわっと白い息を吐いた。

　十二月二十四日。

　解ってたさ。来週に誰かのでっち上げか陰謀のような行事があるってことくらい、とっくにお見通しだ。誰が見逃しても俺が見逃せようはずもない。俺以上にこの手の

イベントをめざとく発見する奴が近くの席に座っているのだからな。ハロウィンを見過ごしてしまったことを残念がっていたし、何かやるつもりなのは間違いない。

いや、実は何をやるのかも知っている。

昨日、部室で、涼宮ハルヒは確かにこう発言した……。


「クリスマスイブに予定のある人いる？」

扉を閉めるなり鞄を投げ出したハルヒは、オリオンの三連星のような輝きを瞳に浮かべながら俺たちを睥睨した。

その口調には、「予定なんかあるわけないわよね、あんたたちももうちゃんと解ってるでしょ？」みたいな言外のニュアンスが込められているようで、イエスとでも答えようものならたちどころにブリザードを呼び寄せかねない勢いであった。

その時、俺は古泉につきあってTRPGをやっているところであり、朝比奈さんはほとんど普段着となりつつあるメイド衣装で電気ストーブに手をかざし、長門はSFの新刊ハードカバーを指と目だけを動かして読んでいた。

ハルヒは鞄の他に持っていた大きな手提げバッグを床に置き、俺のそばにつかつかとやってくると胸を反らして見下ろす視線をよこし、

「キョン、もちろんあんたは何にもないわよね。訊かなくても解るけど、いちおう確認してあげないと悪いような気がするから訊いてあげるわ」

世界一有名な猫のような笑いを浮かべている。俺は転がそうとしていたサイコロを、いわくありそうな微笑をたたえる古泉に手渡して身体をハルヒへ向けた。

「予定があったらどうだってんだ。まずそれを先に言え」

「ってことは、ないのね」

勝手にうなずいて、ハルヒは俺から視線をはずした。おい、ちょっと待てよ。まだお前の質問に答えてないぞ。……まあ、何の予定もないのは今回に限ったことでもないのだが。

「古泉くんは？　彼女とデートとかするの？」

「そうであったらどれほどいいことでしょう」

手のひらでサイコロを転がしつつ、古泉は芝居じみた吐息を漏らした。実にわざとらしい。イカサマの香りがプンプンする。

「幸か不幸か、クリスマス前後の僕のスケジュールはぽっかりと空いています。どうやって過ごそうかと、一人で思い悩んでいたところですよ」

そう言いつつ微笑するハンサム面に俺は嘘吐けとか思う。しかしハルヒはあっさりと信じ込み、

「悩むことはないわ。それはとても幸せなことだから」

次にハルヒが舳先を向けたのはメイド少女の姿へである。

「みくるちゃん、あなたはどう？　夜更けすぎに雨が雪へと変わる瞬間を見に行こうとかって誰かに誘われてない？　ところで今時そんなことをマジな顔で言う奴が本当にいたら殴っちゃっていいわよ」

大きな双眸を見開いてハルヒを見つめていた朝比奈さんは、いきなりの詰問にビビクンとしてから、

「いえ、そ、そうですね。今のところ何も……。ええと、夜更けすぎ……？　あ、それよりお茶を……」

「とびっきり熱いやつをお願いね。この前のハーブティーってやつがおいしかったわ」

注文するハルヒに、

「は、はい！　さっそく」

お茶を入れるのがそんなに楽しいのか、朝比奈さんは顔を輝かせてカセットコンロにヤカンをかけた。

満足げにうなずきつつ、ハルヒは最後の一人となった長門に言った。

「有希」

長門はページから顔を上げずに短く答えた。

「ない」

「よね」

小鳥の囀りのように端的な会話を終え、ハルヒは改めて俺に偉そうな笑みを向ける。

俺は我関せずといった具合に本を読み続ける長門の白皙の顔を見て、そんな当意即妙に答えなくてもいいものを、と少しばかり思った。ちょっとはスケジュールを思い出すフリくらいすればいいのに。

ハルヒは片手を振り上げると、

「そういうことで、ＳＯＳ団クリスマスパーティの開催が全会一致で可決されました。異論や反論があるならパーティ終了後に文書で提出しなさい。見るだけなら見てあげるわよ」

つまり何があっても言い出したことを取り消したりはしないってことであり、とうに見慣れた展開でもある。言葉通りに一応だったが、全員の予定を聞いて回ったあたりは半年前くらいに比べると進歩と言えなくもない。それが予定でなく全員の意思であったらなおさらよかったのだが。

すべてがシナリオ通りに進んでいると言いたげな満足顔で、ハルヒは置いていた手提げバッグに手を突っ込んだ。

「でさ。せっかくのクリスマスシーズンなんだから、いろいろ準備もしないといけないでしょ？　そう思ってグッズを用意してきたの。こういうのは雰囲気作りから始めるのが正しいイベントの過ごしかただわ」

そうして出てきたのは、スノースプレー、金や銀のモール、クラッカー、ミニチュアサイズのツリー、トナカイのぬいぐるみ、白い綿、電飾、リース、赤と緑の垂れ幕、アルプス山脈が描かれたタペストリー、ゼンマイで動く雪だるま人形、ぶっといローソクとキャンドル立て、幼稚園児なら入れそうな巨大クツシタ、クリスマスソング集入りCD……。

子供にお菓子を配る近所のお姉さんみたいな笑顔で、ハルヒは次々とクリスマスっぽい品物を登場させてはテーブルに並べ、

「この殺風景な部室をもっとほがらかにするの。クリスマスを積極的、かつ前向きに味わうためには形から入るのが初心者向けね。あんたも子供の頃にこんなことしなかった？」

するもしないも、後もう少ししたら俺の妹の部屋がクリスマス仕様になる。今年もその手伝いを母親に命じられるだろう。ちなみに当年取って小学五年生十一歳になる我が妹は、どうやら未だにサンタ伝説を信仰しているようだ。俺が人生のかなり初期に見抜いてしまった両親の巧妙なる偽装工作にまだ気づいていないのである。

「あんたも妹さんの純真な心を見習いなさい。夢は信じるところから始めないといけないのよ。そうでないと叶うものも叶わなくなるからね。宝くじは買わないと当たらないわ。誰かが一億円の当たりクジをくれないかなあなんて思ってても、絶対そんなことないんだからね！」

ハルヒは嬉しそうに怒鳴るという器用な技を見せながら、パーティ用の三角帽を取り出して自らかぶった。

「ローマに行けばローマの、郷にいれば郷のしきたりに従わないといけないのよね。クリスマスにはクリスマスのルールに則るわけ。誕生日を祝われてイヤな気分になる人間なんてそうそういないからね。ミスターキリストだってあたしたちが楽しそうにしているのを見て喜ぶわ、きっと！」

さすがに、生まれた年すらよく解っていないキリスト生誕日にまつわる諸学説をここでそらんじるほど俺は空気の読めない人間ではない。それにキリスト誕生推定日が複数あるなんてことを言えばハルヒのことだ、「だったらそれ全部をクリスマスにしたらいいじゃない」とか言い出して、年に何回もツリーを持ち出すハメになりかねないし、いまさらA.D.の始まりが前倒しされても困るだけだし、太陽暦だろうがバビロニア暦だろうが所詮は人間の勝手な都合だし、広大な宇宙を黙々と回る天体たちは別に何を気にすることもなく寿命の果てるまでそうやっていることであろう。ああ、

　宇宙はいいなあ。

　などと大宇宙の神秘について思わず少年心をくすぐられる俺に夢想の猶予も与えず、ハルヒは部室内をサービス精神旺盛なパンダのようにウロウロしながら、部屋のあちこちにクリスマス用小物を置いて回り、読書中の長門の頭にも三角帽を載せ、スノースプレーをしゃかしゃか振ってガラス窓に『Ｍｅｒｒｙ　Ｘｍａｓ！』と書き殴った。

　いいけど、それ、外から見たら鏡文字になってるぞ。

　そうこうしているうちに、ティーカップをお盆に載せた朝比奈さんがクルミ割り人形のようによちよちとやってきた。

「涼宮さーん、お茶入りましたよ」

　メイドスタイルで微笑む朝比奈さんの姿は今日も極上で、何度見てもそのたびに新鮮な潤いを俺の心に届けてくれる。たいていハルヒが何かを言い出すごとに悲惨な目に遭う朝比奈さんも、今度のクリスマスパーティには不安を覚えていないらしい。バニーでビラ配りやセクハラな衣装で映画に出ることに比べたら、団員全員でこぢんまりしたパーティを楽しむことなど実際的純粋的に楽しげなことだしな。

　だが、本当にそうか？

「ありがと、みくるちゃん」

　機嫌良くハルヒはカップを受け取って、立ったままハーブティーをずるずるすすり込む。その様子を邪気(じゃき)のない笑顔で見守る朝比奈さん。

わずか数十秒で熱々の液体を飲み干し、ハルヒは先ほどまでの笑顔をさらに二乗にした。

イヤな予感がするね。何かいかがわしいことを考えているときの笑みだ。けっこう長いつきあいだ、それくらいは俺にだって理解できている。

問題は……。

「とってもおいしかったわ。みくるちゃん、お礼と言っては何だけど、あなたにちょっと早めのプレゼントがあるのよね」

「え、ほんとですか？」

目を瞬(またた)かせる可憐(かれん)なメイドさんに、

「これ以上の真実はないってくらい本当よ。月が地球の周りを回ってて地球が太陽の周りを回っているくらい本当のことだわ。ガリレイのことを信じなくてもいいけど、あたしの言うことは信じなさい」

「あ、はははい」

そうしてハルヒはまたもやバッグに手を差し入れた。

気配を感じて顔を向けると、まともに目があった古泉が微苦笑(びくしょう)を浮(う)かべて肩(かた)をすくめて見せる。何のつもりだと言いたいところだが、何となく解(わか)る。だてにハルヒの仲間を半年以上もやってないんだ、これで想像できないほうがおかしいだろ。

そう、と俺は思うのだった。

問題は、まさにハルヒの思いつきを抑制できる人間やそんな効果のある薬がこの世のどこにもないということなのだ。誰か発明してくれたら個人的に勲一等を進呈したい。

「じゃじゃーん！」

幼稚な掛け声とともに、ハルヒがバッグの奥底から最後に出してきたクリスマスアイテム、それは――。

「そ、それは……？」

反射的に後ずさる朝比奈さんに、ハルヒは弟子に愛用の杖を伝授しようとしている老魔法使いのような表情で言い放った。

「サンタよ、サンタ。ばっちりでしょ？　やっぱこの時季なんだから、季節限定の格好をしてないと示しがつかないからね。ほら、着替え手伝ってあげる」

まさしく、後退する朝比奈さんにゆっくりと詰め寄っていくハルヒが両手で広げているのは、サンタクロースの衣装に他ならないのであった。

かくして俺と古泉は部室の外に放り出され、内部で行われているハルヒによる朝比奈さん衣替えシーンをむなしく妄想するのみである。

「えっ」「きゃ」「わわっ」という、悲鳴にも似た小さな声が、いらない想像力を俺に与え、なんだか扉の向こうを透視できてるんじゃないかってくらいの幻覚を運んできた。いやあ俺もそろそろ本格的にヤバイのかもしれないな。

しばらく幻想夢物語に浸っていると、

「朝比奈さんには気の毒ですがね」

ヒマをもてあましたか古泉が語りかけてきた。廊下の壁にもたれて腕を組む無駄な面と物腰のよさを誇るこの男は、

「涼宮さんが楽しそうにしている様子は、僕に安心感を与えてくれますよ。イライラしているところを見るのが一番心の痛む事柄ですから」

「あいつがイラつくと変な空間が発生するからか？」

古泉は前髪を片手の薬指ですいっとかき上げ、

「ええ、それもあります。僕と僕の仲間たちが何より恐れるのは閉鎖空間と《神人》の存在です。簡単そうに見えたかもしれませんが、あれでも苦労してるんですよ。ありがたいことに、この春以降、どんどん出現回数は減っていますが」

「てことは、まだたまには出てくるのか」

「まれにね。ここのところは深夜から明け方頃に限られています。涼宮さんが眠っている時間ですよ。おそらく、イヤな夢を見ているその時に、無意識に閉鎖空間を作ってしまうのでしょう」

「寝てても起きてても、迷惑を生み出すヤツだな」

「とんでもない」

古泉にしては鋭い声が飛んできた。正直言うとちょっとだけ驚いた。古泉は笑いを極小に抑えて、俺を強い目線で見据えた。

「あなたは知らないでしょう。高校入学以前の涼宮さんがどのようだったかをね。僕たちが観察を始めた三年前から北高に来るまで、彼女が毎日のように楽しげに笑う姿なんて想像もしませんでしたよ。すべてはあなたと出会ってから、もっと正確に言うと、あなたとともに閉鎖空間から帰ってきてから、です。涼宮さんの精神は、中学時代とは比較にならないレベルで安定しています」

俺は無言で古泉を見返した。視線を逸らすと負けのような気がして。

「涼宮さんは明らかに変化しつつあります。それも良い方向にね。我々はこの状態を保ちたいと考えていますが、あなたはそうではありませんか？　彼女にとって今やSOS団はなくてはならない集まりなのですよ。ここにはあなたがいて、朝比奈さんがいる。長門さんも必要ですし、はばかりながら僕もそうでしょう。僕たちはほとんど一心同体のようなものですよ」

それは、お前サイドの理屈だろう。

「そうです。でも、決して悪いことではないでしょう？　あなたは数時間刻みで《神人》を暴れさせている涼宮さんを見たいのですか？　僕が言うのも何ですが、決していい趣味とは言えませんね」

俺にそんな趣味はないし、これからも持つつもりはない。そればっかりは断言しておかなければならないな。

古泉はふっと表情を改めた。また元の曖昧スマイル状態に復帰する。

「それを聞いて安心ですよ。変化と言えば、涼宮さんだけでなく僕たちだって変化しています。あなたも僕も、朝比奈さんもね。たぶん長門さんも。涼宮さんのそばにいれば、誰だって多少なりとも考え方が変わりますよ」

俺はそっぽを向いた。図星をつかれたからではない。自分自身にはそんな実感はないから、図星なんかつかれようもないな。意外に感じたのは、長門がちょっとずつ変わりつつあるってことをこいつも気づいているってことだ。インチキ草野球に三年越しの七夕、カマドウマ退治に孤島の殺人劇やループする夏休み……。あれやこれやをわたわたとやっているうちに長門のちょっとした態度や仕草が、すべての始まりを告げた文芸部室での邂逅から微細に変化しているのは確かだ。錯覚ではない。俺にだって手作り望遠鏡くらいの観察眼はあるんだ。思えば孤島でもあいつはちょっとおかしかった気がする。市民プールや盆踊り会場での様子もだ。映画撮影での魔法使いぶりもさることながら、コンピュータ研とのゲーム対戦ではさらなるおかしな振る舞いを見せていた。……が。

それは良いことなんだろう。ハルヒはともかく、俺にはそっちのほうが重要に思えるね。

「世界の安定のためでしたら」と古泉が微笑み混じりに言った。「クリスマスパーティの主催くらいは安いものです。その上楽しいときたら、僕が言う文句はボキャブラリーのどこを探しても見あたりませんね」

反論のセリフが思いつかないことを何故か腹立たしく思っていると、

「もういいわよ！」

いきなり扉が開かれ、そして部室の扉は内開きになっていたものだから、そのドアに身を預けていた俺は当たり前の結果としてゴロンと無様に背中から転がった。

「ひえっ!?」

声の主は俺でもハルヒでもなく、朝比奈さんであり、ましてやその声は上から降ってきて、ちなみに仰向けに倒れた俺はイヤでも天井を見上げる形にあったが天井は見えず、代わりに別のものが見えた。

「こら、キョン！　覗くなっ！」

　そう叫んだのはハルヒで、

「ふわ、あふっ」

　うろたえた声を出して後ろに跳ねたのは、朝比奈さんだろう。八百万の神々に誓う。足しか見えなかった。

「いつまで寝てんのよ！　起きなさいよっ！」

　ハルヒに襟首をつかまれて俺はようやく立ち上がる。

「まったくこのエロキョン！　みくるちゃんのパンツ覗こうとするなんて、あんたには二億五千六百年早いわ！　さてはワザとね、ワザとなんでしょ」

　合図を終えないうちにドアを開けたお前が悪い。これは事故だ。事故なんですよ朝比奈さん――と言おうとして、俺は目を奪われた。何にかと誰か訊くかい？

「わわ……」

　頰を朱色に染めて立っている朝比奈さんのお姿以外に何もないね。

　白い縁取りをされた赤い服にぽんぽんのついた赤い帽子……のみを身につけた朝比奈さんは、丈の短い裾を両手で握りしめ、恥ずかしさのあまりか妙に潤んだ目で俺を見つめていた。

　どこから見ても完璧完全、一分の隙すら見つけることのできないサンタ姿である。

耄碌の境地に達した老サンタがひそかに家督を孫娘に譲っていた、その孫娘こそ今ここにいる朝比奈みくるの正体なのだ。と、言われたら八対二の割合で信じてしまえることだろう。うちの妹なら絶対信じる。確実だ。

「非常によいですね」

感想を述べたのは古泉である。

「申しわけありませんが、常套句しか思いつきませんよ。ええ、とてもよくお似合いです。うん、そうですとも」

「でしょ?」

ハルヒは朝比奈さんの肩を抱き寄せ、目を白黒させているサンタ少女の顔に頰を寄せた。

「めっちゃくちゃ可愛いわ! みくるちゃん、もっと自分に自信を持ちなさい。これからクリパまで、あなたはSOS団専用のサンタクロースよ。その資格があなたにはあるわ!」

「ふひー」

情けなさそうな吐息をつく朝比奈さんだったが、これだけはハルヒが正しい。誰も反対するものはいないだろうな、と考えて長門のほうを見やると、小柄なショートカットの無言娘は、当然無言のままに読書にふけり続けていた。

頭に三角帽を載せっぱなしで。


その後、ハルヒは俺たちを整列させて、その前で何か言っていた。

「いい？　この時期ね、街の中でサンタを見かけてもホイホイついていったりしちゃダメよ。奴らは偽者なんだから。本物は地球上にピンポイントでしか現れないの。みくるちゃん、あなたは特に気をつけるのよ。知らないサンタから安易に物を貰ったり、言われたことにうなずいていたりしちゃダメ」

朝比奈さんをムリヤリ偽サンタにしておきながら言うセリフじゃないだろう。

よもや、こいつはこの歳にもなって妹同様に例の国際的ボランティア爺さんの存在を信じているんじゃないだろうな。織姫彦星に向けて願望充足メッセージを放つような奴だからあり得ないことでもないが、俺はまさかと思うに留めておいた。何と言ってもすでに聖朝比奈が部室におわしてくれているのだ。本物を超越した贋作がここにある。それでいいじゃないか。これ以上何かを望んだりしたら北欧三国のどこかからクレームが来るだろう。

俺が年一しか働かない怠け老人の闇にまみれた資金源について考えていると、

「でさ、キョン。クリスマスパーティを盛大にやるのはいいとして、今年は思いつくのが遅かったからキリストの誕生日だけだけど、来年は釈迦とマホメットの誕生会もしてやんないとね。でないと不公平だわ」

ついでにマニ教とゾロアスター教開祖の誕生日も祝ってくれ。信者でもない野郎どもに祝われても雲の上にいるであろう彼らにすれば苦笑するだけだろうし、ハルヒは祝うためにそれをするのでなく騒ぐ口実が欲しいだけなのでお互い様だが、バチを当てるのならハルヒだけにしてくれよな。俺は片棒の端っこをちょいとつまんでいるだけなのだからさ。

この場合どこの神様宛にいいわけをすればいいのかと考える俺を尻目に、ハルヒは団長席に着いて、

「何がいい？　鍋？　すき焼き？　カニはNGよ、あたしアレ苦手なの。殻から身をほじくるのがイライラすんの。どうしてカニって殻も食べられるようになってないのかしらね。進化の過程でもうちょっと学ばなかったのかって言いたいわ」

そう思ったからこそ甲羅を獲得したんだろうよ。連中はお前に喰われるために海底で自然淘汰されてきたわけじゃねえ。

古泉が挙手の上、こう発言した。

「それでは店を予約しなければなりませんね。すでにシーズンに差し掛かっておりま

すし、急がないとどこも一杯になってしまいますよ」

こいつが紹介するような店にはあまり行きたいと思わないな。また変な店主が出てきてディナーの最中にキテレツな殺人喜劇が始まりかねない。

「あ、それは心配しなくていいわ」

俺と同じ感想を抱いたのか、ハルヒは笑顔で首を振った。で、言ったのが、

「ここでやるから。必要な物は揃ってるし、後は材料だけよ。そうね、炊飯ジャーも持ってきたほうがいいわ。それからお酒は厳禁よ。あたしはもう一生飲まないって心に誓っているからね」

もっと別のことを誓って欲しかったが、それよりすんなり聞き逃せないことが先にあった。

「ここでやる？」と俺は部室を見回した。

確かに土鍋やカセットコンロは常備されている。冷蔵庫まで鎮座しているのだ。どれもハルヒがSOS団黎明期にどこかから運び込んで来たものだが、まさかこの時のために用意していたんじゃないだろうな。とりあえずコンロは朝比奈さんが本格的なお茶を入れるときの役には立っていたが、本来学校内それも古ぼけた部室棟でそんな料理していいものなのだろうか。考えるまでもなくよくはない。棟内火気厳禁だ。

「いいわよ」

ハルヒはちっとも動じず、調理師免許もないのになぜか腕だけは確かな小学生料理人のような笑みで、

「こういうのはコソッと隠れてやるのが楽しいの。もし生徒会や先生達が乗り込んできたら、あたしの素晴らしい鍋料理を振る舞ってあげるわけ。そしたらそいつらもあまりのおいしさに感涙にむせび泣きながら特例を認めるに違いないって寸法よ。寸分の間違いもないわ。完璧よ」

面倒くさがりのクセに、やるとなれば何であれ人並み以上にこなすハルヒのことだから、料理の腕前も口ほど並みにはあるのだろう。しかし鍋料理？　いつのまに決まったんだ。話の流れではカニではないみたいだが、希望を募るフリだけして自己完結するとは――まあいつものことか。気にするまい………。

と、いうようなことが昨日あったわけである。谷口にところどころ端折って話しているうちに高校に到着した。

「クリスマスパーティねえ」

校門を過ぎながら谷口は半分笑った顔をする。

「涼宮のやりそうなことだな。部室で鍋大会か。ま、マジで教師どもには見つからな

いようにしろよ。また面倒なことになるぜ」

「なんならお前も来るか？」

話した手前もあるので誘ってやることにした。ハルヒも谷口なら気にしないだろう。

こいつと国木田、鶴屋さんの三人は、困ったときの人数あわせトリオになっている。

しかし谷口は首を振った。

「いやあ悪いなあ、キョン。俺はその日、しょぼい鍋なんぞを喰い散らかすヒマはねえんだ。うけけ」

なんだその気味の悪い笑みは。

「あのなあ、クリスマスイブに変な仲間内で集まって鍋をつつきあうなんて、モテない連中のするこった。残念だが、俺はもうそっち側の男じゃなくなっちまった」

まさかとは思うが。

「そのまさかってヤツだと思ってくれ。俺のスケジュール帳の二十四日には赤いハートマークが刻まれているぜ。いや悪い。マジで悪い。ほんと、すまねえーなあー」

なんてこった。俺がハルヒやSOS団の面々と妙ちきりんな遊びをやっている間に、谷口のアホ野郎に彼女ができていようとは。

「相手は誰だ？」

できるだけひがみに聞こえないように気を付けつつ尋ねると、

「光陽園女子の一年さ。無難なとこだろ？」

光陽園学院。山の下にある駅前の女子校か。ちょうど俺たちがえっちらおっちら山登りを始めるスタート地点に建ってるから、黒ブレザー制服の女子どもが大名行列のように歩いているところを毎朝見かける。割とハイソなお嬢さん連中が通っているので有名だが、それより殺人的坂道を歩かなくてもいいのは羨ましい話だ。いや別に谷口が羨ましいわけではない。

「いいじゃねえかよ。お前には涼宮がいるんだろ？　鍋か……。あいつの手料理？　鍋に手料理もへったくれもないような気もするが、腹は膨れるだろ。うらやましいなあ、キョン」

こいつめ、クリスマスイブの話を振ってきたと思ったら、自慢したかっただけか。

「さあ、どこをどう巡るか、そろそろ段取りを決めねえとなあ。悩むぜ」

俺は憮然。さらに無言。

この日の放課後にはたいした出来事もなかった。部室ではハルヒが新たに持ってきた飾りを部屋中に取り付けるという作業に俺と古泉が追われ、ハルヒは指を差して指示するだけ、朝比奈さんはサンタ姿でお茶くみ兼マスコット状態、今日も三角帽を装着せられた長門は黙々とハードカバーを読んでいる。

それで一日が終わった。鍋の内容はまだ決まっていない。そのうち俺を荷物持ちにして買い物に出かけることだけは決まっているらしい。いったい何鍋になるんだろうな。闇鍋は陰謀の香りがするのでやめておいて欲しいのだが……。

さて、プロローグにしては長すぎるな。しかし、以上のことは本当に単なるプロローグに過ぎなかった。本題はここから、翌日から始まる。ひょっとしたら今日の晩には始まっていたのかもしれないが、そこんとこはどうでもいい。

この次の日、山風に凍り付くような十二月十八日。俺を恐怖という名の奈落に突き落とすようなことが起きた。

あらかじめ言っておく。

それは、俺にはちっとも笑えないことだった。

第一章

朝、俺はいつものように妹の必殺布団はぎによって、傍らで毛布にくるまっていた三毛猫とともに目覚めさせられた。母親の命令を忠実に実行する朝一番の刺客、それが妹である。

「朝ご飯はちゃんと食べろって、お母さんが」

にこにこと言いながら、妹はベッドにわだかまる猫を抱き上げて耳の後ろに鼻先をつけた。

「シャミも、ご飯できてるよ」

文化祭以降、我が家の飼い猫になったシャミセンは、ぼんやりした顔であくびをして、ぺろりと前足をなめた。この元おしゃべり猫だったオス三毛猫は、すっかり言葉を失って単なる愛玩動物の地位を我が家に築いていた。今思えばこいつが人間語を話したというのは聞き間違いだったのかと思うくらい、一匹のどこにでもいる猫と化している。人語とともに猫語も忘れたのか、ほとんどと言っていいほど鳴かないのはやかましくなくていいのだが、どういうわけか俺の部屋を寝床にしているので、シャミセンにかまいたがる妹が足繁くやってくるようになったことには閉口する。

「シャミー、シャミー。ごっはんだよー」

調子ハズレな節をつけて歌いながら、妹は猫を重そうに抱いたまま部屋を出て行く。俺は朝の冷気に肌を粟立てつつ時計の表示をにらみつけていたが、暖かいベッドへの未練をすべて放棄し腰を上げた。

そして着替えと洗面を終えるとダイニングに下り、五分で朝食を済ませて妹より二足ほど先に玄関を出た。今日も順調に寒い。

ここまでは普段通りだった。


例によって坂道を上っている俺の目に、見覚えのある後頭部が映った。十メートルほど先行しているその姿は、谷口のもので間違いない。いつもは快調に登山道を跳ねんでいるくせに今日はやけにゆっくり歩いている。たちまち追いついた。

「よう、谷口」

たまにはこっちから肩を叩いてやるのもいいだろう、と思ってそうしてやったのだが、

「……む、キョンか」

声がやけにくぐもっているのも当然で、谷口は白いマスクを装着していた。

「どうした？　風邪か？」

「ああ……？」谷口はダルそうに、「見ての通り風邪状態だ。本当は休みたかったんだが、親父がうるさくてな」

昨日まで元気いっぱいだったのに、突然の風邪があったもんだ。

「何言ってやがる。昨日も調子はよくなかったぞ。ゲホゲホン」

咳き込む谷口の弱りかけの様子には見慣れないだけにこっちのリズムも狂うな。しかし、昨日も風邪気味だって？　俺には普段通りのお調子者に見えたが。

「ん……そうだったか？　調子がよかったつもりはないんだが」

首を捻る谷口に、俺は意地悪く笑いかけて言った。

「イブの予定を嬉しそうに語ってただろ。まあ、デートまでには治せよ。そんなチャンスは滅多に到来しないだろうからな」

しかし谷口はますます首を捻り、

「デートだあ？　なんのことだ。ゲホ。イブに予定なんかねえぞ」

なんのことだはこっちのセリフだ。光陽園女子の彼女はどうしたんだ。ひょっとして昨日の晩にでもフラれたか。

「おい、キョン。マジでおめーは何言ってんだ？　そんなもん俺は知らねえ」

谷口はむっすり口をつぐんで、また前を向いた。どうやら風邪の症状が節々に効いているらしく、弱っているのは演技ではなさそうだ。それにこの分ではデートがご破算になったのも当たりだったようで、そりゃへばりもするよ。威勢のいいことを言っていた手前、俺と顔を合わせるのも心苦しかろう。そうかそうか。

「気を落とすな」

俺は谷口の背中を押してやり、

「やっぱ鍋大会に参加するか？　今ならまだ間に合うぞ」

「鍋ってなんだ？　どこでする大会だよ、それ。聞いた覚えはねえな……」

ああ、そうかい。ならば俺は手を引こう。しばらくは何を言っても耳を素通りするくらいショックだったのか。すべては時間という偉大なる悠久の流れが解決してくれるさ。何も言わないことにしてやるよ。

のろのろ歩きの谷口に付き合って、俺もゆっくりと坂を上り続けた。

この時点で気づくのは、さすがにまだ無理だった。

驚いたことに、いつのまにか一年五組には風邪が蔓延しているようだった。予鈴ぎりぎりに教室に入ったってえのに空席がいくつもあるし、クラスメイトの二割程度に白マスクが流行している。全員の潜伏期間と発症時期が同期を取ったとしか思えない。

もっと驚いたのは、俺の真後ろの席が一時間目が始まっても空席のまま取り残されていることだった。

「なんと、まぁ」

ハルヒまで病欠してんのか。今年の風邪はそんなにタチが悪いのか？　あいつの体内に侵入する勇気ある病原体がいようとは、ましてやハルヒが細菌だのウイルスだのに敗北を喫するとは、にわかには考えがたい出来事だ。何か新しい悪巧みを思いついて、そのための下準備をしているといったほうがまだ納得できる。鍋以外にもまだ何かあるのだろうか。

どうにも教室内の空気が寒々しいのはエアコンがないせいでもなさそうだ。突然にして欠席者が増えるとはな。なんだか五組の総人口までもが目減りしているような気さえする。

ハルヒの気配が背後から迫ってこないってのもあるが、なんとなく空気が違っている感じがした。

そうして漫然と授業をこなし、順当に昼休みになる。

俺が冷え切った弁当箱を鞄から取り出していると、国木田が昼飯片手にやって来て俺の後ろの席に着いた。

「休みみたいだから、ここに座ってもいいよね」

タッパウェアを包むナプキンをほどきつつ言う。高校で同じクラスになって以来、こいつと昼飯を喰うのが半ば習慣化されている。もう一人の昼飯仲間、谷口はと探してみると、今日は学食なのか教室にはいなかった。

俺は椅子を横向きにして、

「なんか風邪がいきなり流行りだしているな。うつされなけりゃいいんだが」

「んん？」

几帳面に広げたナプキンの上にタッパを置き、中身を吟味していた国木田は、怪訝な表情をして俺を見返した。箸をカニばさみのように動かしながら、

「風邪なら一週間前から流行の兆しを見せていたよ。インフルエンザじゃないみたいだけど、かえってそっちのほうがよかったかもね。今は特効薬があるから」

「一週間前？」

弁当のホウレン草入り卵焼きをバラす手を止め、俺は聞き返す。

先週の今頃に誰かが風邪菌を撒き散らしていたような行為はなかったように思う。欠席者はいなかったはずだし、授業中に咳をしている奴だって記憶にない。一年五組の誰もが健康体に見えたのに、俺の視界の及ばぬ範囲でひそかに病魔は進行していた

と言うのか。

「あれ？　けっこう休んでいる人もいたけどなあ。キョンは気づかなかったのかい？」

　まったく気づかなかった。本当の話か、それは？

「うん、本当。今週に入っていよいよヒドくなったね。学級閉鎖は避けたいよね。冬休みが削られそうな気がするし」

　ふりかけご飯を口に運ぶ国木田は、

「谷口もここんとこしんどそうにしてるなあ。親父さんの方針が病は気力で治せってもんだから、四十度を超さないと学校休めないみたいだよ。悪化する前に何とかしたほうがいいと僕は思うね」

　俺は箸を止めた。

「国木田。すまんが、俺には谷口がしんどそうにしているのは今日からだと思うんだが」

「え、そんなことないよ。今週の初めにはもうあんな調子だったじゃん。昨日の体育も見学してたしさ」

　だんだん混乱してきた。

　待て、国木田。何を言ってるんだお前は。俺が覚えている限り、昨日の体育の授業では谷口はアッパー系のドラッグをやってんじゃねえかってくらい溌剌とサッカーの紅白戦に出てたぞ。敵チームにいた俺が何度も奴の足元にスライディングタックルを決めてやったから間違いのないことだ。彼女のできた谷口をひがんでのことではないが、今日のことを知っていれば遠慮はしていただろうな。

「そうだっけ。あれえ？　おかしいな」

国木田はキンピラゴボウの人参をより分けながら、首を傾けた。

「僕の見間違いかなぁ」

のんきな口調である。

「うーん、でも後で谷口に訊いたら解ることだよね」

今日はいったいどうしたことだ。谷口も国木田も、なんだか靄に包まれたようなことを言ってる上、ハルヒなんか欠席している。ハルヒを除く全人類が困るようなことがまた発生しようとしている前兆ではないだろうな。あるわけのない俺の第六感が警戒警報をピリピリ発令し始め、首筋の裏側あたりに妙な冷気が走った。

その通り。

俺の勘も捨てたものではない。それはまさしく前兆だった。勘で解らなかったのは、困るのは誰かってところだ。ハルヒを除く全人類……ではなく、この事態が発生しているのに気づいて困ったのは意外にもたった一人だけだった。そいつ以外の全人類は別に困りはしない。なぜなら事態の発生自体に気づくはずもないからだ。認識の外にあるものを認識することは決してできないのである。彼らにしてみれば世界は何も変わっていなかった。

では誰が困ることになったのか。

言うまでもない。

俺だ。

俺だけが困惑の中で立ちつくし、茫然としたまま世界に取り残されることになったのだ。

そう、やっと俺は気づいた。

十二月十八日の昼休み。

形を伴った悪い前兆が、教室のドアを開いた。

わあ、という歓声が教室前部のドア付近にいた数人の女子から上がった。入ってきたクラスメイトの姿を確認しての声らしい。わらわらと群がるセーラー服姿の隙間から、重役出勤してきたそいつの姿がちらりと覗く。

通学鞄を片手にぶら下げたそいつは駆け寄ってきた友人たちに笑顔を向けて、

「うん、もう大丈夫よ。午前中に病院で点滴打ってもらったらすぐによくなったわ。家にいてもヒマだから、午後の授業だけでも受けようと思って」

風邪よくなった？という一人の質問に答え、柔らかく微笑んだ。それから短い談笑を終えると、セミロングの髪を揺らしながら、ゆっくりと……こちらに——歩いて

——来た。

「あ、どかないと」

国木田が箸をくわえて腰を浮かせる。俺はと言うと、声帯の発声機能を丸ごと全部没収されたように、むしろ酸素を呼吸することすら忘れて、そいつの姿を凝視していた。無限の時間のようにも感じたが、実際はそう何歩も歩いていなかっただろう。足を止めたとき、そいつは俺のすぐ横に立っていた。

「どうしたの？」

俺を見ながら不思議そうな口調で常套句を吐いた。

「幽霊でも見たような顔をしているわよ？　それとも、わたしの顔に何かついてる？」

そしてタッパを片づけようとしている国木田に、

「あ、鞄を掛けさせてもらうだけでいいの。そのまま食事を続けてて。わたしは昼ご飯食べて来たから。昼休みの間なら、席を貸しておいてあげる」

言葉の通り、その女子生徒は鞄を机横のフックに掛けると、友人たちが待ちわびる輪の中へ身体を翻した。

「待て」

俺の声はさぞヒビ割れていたことだろう。

「どうしてお前がここにいる」

そいつは、ふっと振り返り、涼しげな視線を俺に突き刺した。

「どういうこと？　わたしがいたらおかしいかしら。それとも、わたしの風邪がもっと長引けばよかったのに、っていう意味？　それ、どういうことなの？」

「そうじゃない。風邪なんかどうでもいい。それではなくて……」

「キョン」

心配げに国木田が俺の肩をつついている。

「本当に変だよ。さっきからキョンの言ってることはおかしいよ、やっぱり」

「国木田、お前はこいつを見て何とも思わないのか？」

我慢できずに俺は立ち上がり、不可解なものを見る目で俺を見ているそいつの顔を指さした。

「こいつが誰だが、お前も知ってるだろう？　ここにいるはずのない奴じゃねえか！」

「……キョンさあ、ちょっと休んでただけでクラスメイトの顔を忘れちゃったりしたら失礼だよ。いるはずのない、ってどういうこと？　ずっと同じクラスにいたじゃん」

忘れやしないさ。かつての殺人未遂犯を、仮にも俺を殺そうとした奴の顔なんてものを忘却するには半年とちょっとは短すぎる。

「解ったわ」

そいつはとびっきりの冗談を思いついたような笑みを広げた。

「お弁当食べながらうたた寝してたんでしょう。悪い夢でも見てたんじゃない？　きっとそうよ。そろそろ目が覚めてきた？」

綺麗な顔をほころばせ、「ねえ？」と国木田に同意を求めているそいつは、俺の脳裏に焼き付いて未だ離れない女の姿をしていた。

様々な映像がフラッシュバックする。夕焼けに染まった教室――床に長く伸びる影――窓のない壁――歪んだ空間――振りかざされるナイフ――うっすらとした笑み――さらさら崩れ落ちる砂のような結晶……。

長門との戦いに敗れて消滅し、表向きはカナダに転校したことになった、かつての委員長。

朝倉涼子(あさくらりょうこ)が、ここにいた。


「顔を洗ってきたらすっきりするわよ。ハンカチ持ってる？　貸してあげようか」

スカートのポケットに手を入れた朝倉を俺は手で制した。出てくる物がハンカチだけとは限らない。

「いらん。それよりどういうことか教えろ。何もかもをだ。特にどうしてお前がハルヒの席に鞄を置くのか言ってくれ。それはお前の机じゃない。ハルヒのだ」

「ハルヒ？」

朝倉は眉(まゆ)を寄せ、国木田に問いかけた。

「ハルヒって誰のことなの？　そんな愛称(あいしょう)の人がいたかしらね」

そして国木田もまた、絶望的な回答をよこした。

「聞いたことないなあ。ハルヒさんねえ。どんな字を書くんだい？」

「ハルヒはハルヒだ」

と俺は目眩(めまい)を感じながら呟(つぶや)いた。

「お前たち、涼宮ハルヒを忘れたのか？　どうやったらあんなやつを忘れることができるんだ……」

「涼宮ハルヒ……うーんとね、キョン」

国木田はいたわるような声で、ゆっくりと俺に、

「そんな人はこのクラスにはいないよ。それにこの席はこの前の席替えのときから朝倉さんの席なんだよ。どっか他のクラスと勘違いしてるんじゃないの？　でもなあ、涼宮っていう名前には全然聞き覚えがないなあ。一年にはいないと思うけど……」

「わたしの記憶にもないわね」

朝倉も俺に病気療養を勧めたがっているようだ。優しい猫なで声で、

「国木田くん、ちょっと机の中を見てくれる？　端っこのほうにクラス名簿があるわ」

国木田が取り出した小冊子を俺はひったくった。一番に開くのは一年五組のページ。女子の名前が並ぶ列に指を這わせる。

佐伯、阪中、鈴木、瀬能……。

鈴木と瀬能の間にどんな名前もない。涼宮ハルヒの名前がクラス名簿から消えている。誰を捜してるんだ、そんな奴はハナっからいねーぜとページが語りかけているようで、俺は名簿を閉じて目も閉じた。

「……国木田、頼みがある」

「何だい？」

「頬をつねってくれ。目を覚ましたい」

「いいの？」

思い切りやられた。痛かった。そして目は覚めない。目蓋を開けたとき、朝倉はまだそこにいて唇で半円を作っていた。

何かが起こっている。

気がつけば俺たちはクラス中の注目の的になっていた。まるでジステンパーに罹患した年老いたノラ犬を見るような視線が俺に集中している。くそ、なぜだ。俺は何一つ間違ったことを言ってないぞ。

「ちくしょう」

俺は近くにいた数人に、二つの質問を浴びせて回った。

涼宮ハルヒはどこだ。

朝倉涼子は転校したはずだ。

得られた答えはまったく芳しくなかった。全員図ったように、

「知らない」

「してない」

と答えて、俺の目眩は吐き気を伴うまでになる。強烈な現実喪失感覚の襲撃を受け、

近くの机に手をついて身体を支えなければならなかった。精神のどこかが打ち砕かれたような気がした。

朝倉が俺の腕に手をかけて、心配そうにのぞき込む。その髪から漂う芳しい香りが、俺には麻薬のように感じられる。

「保健室に行ったほうがいいみたい。具合のよくないときって、そういうこともあるわ。きっとそうよ。風邪の引きはじめなんじゃないかしら」

違う！

大声で喚きたい。おかしいのは俺じゃない。この状況だ。

「放してくれ」

朝倉の手を払って、俺は教室の出口へと向かった。肌で漠然と感じていた違和感が、頭の中に浸透していく。突如として蔓延した風邪、谷口とのかみ合わない会話、名簿から消えたハルヒの名前、朝倉の登場……だと？　ハルヒがいなくなる？　誰も覚えていない？　そんなわけあるか。この世界はあいつを中心に回ってるんじゃなかったのか。宇宙規模の要注意人物、それがあいつじゃなかったのか。

もつれがちの足を叱咤激励し、俺は這うように廊下へ進み出た。

まっさきに思い出したのは長門の顔だ。あいつなら事情を説明してくれる。寡黙な万能の宇宙人アンドロイドである、あの長門有希ならば。いつでもあいつはすべてを解決してくれた。長門のおかげで俺は生きていると言っても過言ではない。

長門なら。

この俺を窮地から救い出してくれるだろう。

長門のクラスは近い。走るまでもなく数秒で到着した。何も考えることができないまま、俺はドアを開けて小柄なショートカットの姿を探す。

いない。

だが絶望にはまだ早い。昼休みのあいつはたいてい部室で本を読んでいる。教室にいないからと言って、長門までが消え去ったと考えるのは早計だ。

次に思い浮かんだのが古泉だった。旧館にある文芸部室はここからでは遠い。古泉一樹、朝比奈さんの二年教室も向かいの校舎だ。一階下の一年九組に行くのが早い。古泉ちゃんとそこにいろよ。これほど古泉のニヤケ面を見たかったことはない。

廊下を小走りで駆け抜け、階段を三段抜かしで飛び下り、校舎の隅にある一年九組を目指しながら、俺はそこに超能力野郎がいることを祈った。

七組の前を通り過ぎ、八組も通過した先、そこに一年九組が……。

「……なんなんだ、これは」

やっとの思いで立ち止まり、もう一度壁に掛かっているプレートを見直す。一年八組の左隣が七組。そして八組の右隣には――。

非常階段に続く踊り場だけがあった。

ない。影も形も。

「いくらなんでも、これはないだろう……」

古泉はおろか。

九組自体がなくなっていた。


参るしかない。

昨日まであったはずの教室がないなんて誰が想像する？　人間一人が行方不明になったわけじゃないんだぞ。クラスの全員が消え去り建物自体が縮んでいる。突貫工事でも一夜では無理だ。九組の連中はどこに消えた？

あまりの茫然により、俺は時間の感覚を失っていた。どれだけそこに立ちつくしていたか、背を小突かれてようやく意識を取り戻したものの、俺は教科書を抱えたマシュマロマンみたいな生物教師の声を上の空で聞いた。

「何してるんですか。授業はもう始まっています。教室に戻りなさい」

休み時間終了を告げるチャイムすら聞こえていなかったらしい。廊下には他に誰もおらず、七組の教室からは教師の張り上げる声だけがわずかに響いていた。

よろよろと俺は移動を開始する。前兆を見定める時間は終わった。もう起こってしまったのだ。いるはずのないやつがいて、いなければいけないやつがいない。朝倉一人にハルヒと古泉および九組の生徒たちでは、交換するにもまるで尺があわない。

「なんてこった」

俺が狂ったのではないんだとしたら、ついに世界が狂ったのだ。

誰がそれをした？

ハルヒ、お前か？

おかげで午後からの授業をまったく何一つ聞けやしない。どんな声も物音も俺の耳を素通りし、脳細胞に何の情報を植え付けることはなく、気がつけばホームルームさえ終わって、とうに放課後になっていた。

俺は恐れていた。後ろの席でシャーペンを走らせている朝倉よりも、ハルヒと古泉が学校にいないってことにだ。誰かに改めて確認することすら、もうたまらなくイヤである。「そんな奴、知らん」と言われるたびに、俺はずぶずぶと底の見えない沼沢地に沈んでいくだろう。椅子から立ち上がる気力もなかなかチャージされない。

谷口はあっさりと、多少は俺のことを気にしていた国木田も帰り道につき、朝倉は女子数人で笑いさざめきながら教室を後にした。出がけに振り返り俺によこした目には、元気のないクラスメイトを本気で気遣う光があって、ますますくらくらする。おかしい。何もかもが。

掃除当番の連中に引きずられるようにして、俺はようやく鞄片手に廊下に足を踏み出した。

どのみち放課後の俺の居場所はここではない。

そして悄然と階段を下り、一階にたどり着いた俺は、そこで一筋の光明を見いだして走り出した。

「朝比奈さん！」

こんな嬉しいことが他にあるか。俺の女神兼眼精疲労回復薬が対面から歩いてくる。なお喜ばしいのは、その童顔グラマラス美少女の隣に鶴屋さんの姿まであることだ。あまりの喜びに気が遠くなりかけた。

——もうちょっと慎重になっておくべきだったと思う。

我ながら異常な速度で二人の上級生に駆け寄って、俺は目を見開く朝比奈さんの両肩をがっしとばかりに鷲づかみにした。

「ひえっ！」

驚愕する顔は見えていたが、俺の口は勝手に喋った。

「ハルヒがいないんですよっ！　古泉なんか漂流教室になってます！　長門はまだ確認してませんが、朝倉がいて、どうも学校の様子自体が変なんです。あなたは俺の朝比奈さんですよね⁉」

ぽと、ごん。朝比奈さんが持っていた鞄と習字セットが床に落ちる音だ。

「えっ？　あっ、ひっ。えっ。ちょ、その……」

「だから、あなたは未来から来た朝比奈さんですよね⁉」

対して朝比奈さんは、

「……未来って？　何のことでしょう。それより放してくだ……さい」

胃の奥がキュウとなる。朝比奈さんが俺を見る目は飼い馴らされたインパラが野生のジャガーを見る目そのものだった。明らかな恐怖の色である。それこそ俺が最も恐れていた色だ。

愕然としていると、片手がぐいとひねり上げられた。関節がイヤな音を立てる。痛え。

「ちょいとっ少年！」

鶴屋さんが俺の手に古流武術系の技を施していた。

「いきなりはダメだよっ。ごらん、うちのみくるがすっかり怯えてるよっ」

声は笑っていたが目が菊一文字なみに真剣そのものだった。見ると確かに朝比奈さんは、うるうるした瞳で腰を引かせている。

「みくるファン倶楽部の一年かい？　物事には手順てやつがあるんだよっ。先走りはよくないなあっ」

今日何度目かの精神的寒気が背骨を滑り下りた。俺は片手を腕がらみに取られた体勢のまま、

「あの、鶴屋さん……？」

鶴屋さんは俺を見据える。まるで知らない他人を見るように。

あなたもなのか、鶴屋さん。

「あれ。あたしを知ってるの？　ところで僕ちんはどなたかなあ。みくるの知り合いかいっ？」

見たくないものを見てしまった。鶴屋さんの陰で縮こまっていた朝比奈さんは、俺をまじまじと見つめてプルプル首を振ったのだ。

「しし、知らないです。あ、のぅ。人違いじゃあ……」

そろそろ一年も終わりだが今期絶望宣告をくらった感じがして目の前が暗くなる。誰に何を言われようと俺はこたえないだろうが、朝比奈さんにそう言われるのは、幼少のころ憧れていた年上の従姉妹が男と駆け落ちして以来のショックだった。

朝比奈さんに朝比奈さんと呼びかけて人違いもくそもない。この朝比奈さんがどっ

か別にいる朝比奈さんであるのなら話は別だが……あ、そうだ。彼女が本当に俺の知っている朝比奈さんかどうか、判別する方法があるじゃないか。

「朝比奈さん」

自由なほうの手で自分の胸元を指差した。動転していたとしか思えない。俺は次のように口走っていた。

「あなたの胸のここらへんに星形のホクロがあるはずです。ありますよね？　できたらそれ見せてもらえれば——」

思いっきり殴られた。

朝比奈さんに。グーで。

俺の放ったセリフにキョトンとした朝比奈さんは、みるみるうちに赤くなり、次に涙を目に溜めて、それから緩やかで不器用なモーションでもって右ストレートを俺の顔面に炸裂させ、

「……っう」

嗚咽のような声を漏らして駆け去った。

「あっ、みくるっ。しょうがないなあ。ねえ少年、あんまりオイタしちゃダメにょろよ。みくるは気が小さいからね！　今度何かしたら、あたしが怒髪で衝いちゃうからねっ」

最後に俺の手首をイヤと言うほどキツく握り、床に落ちた鞄と習字セットを抱えると鶴屋さんは朝比奈さんの後を追って走り出した。

「待ちなーっ、みくるーっ」

「………………」

茫然と見送る俺の頭の中では木枯らしが吹いていた。

終わりだな、もう。

明日まで命が保つだろうか。朝比奈さんを泣かせちまったということが学校内に知れ渡れば、勢い込んで襲ってくる奴は枚挙にいとまがないと思われる。立場が逆なら俺だってそうするさ。辞世の句の用意をしていたほうがいいかもしれない。


いよいよ打つ手がなくなってきた。ハルヒの携帯に電話してみても戻ってくるのはオペレーターの『現在使われておりません』だけ、自宅の番号は記録も記憶もしていないし名簿からはハルヒの名前ごと抹消されている。家まで出向くことも考えたが、よくよく思い出せば俺はあいつの家に行ったことがない。ハルヒが俺んちまで来たことはあるのに不公平だとか思ってももう遅い。

消え失せた九組はともかく、古泉とハルヒがどこかにいやしないかと職員室にも行って訊いてみた。無惨なものだ。涼宮ハルヒという生徒はどのクラスにも在籍していない。古泉一樹なる転校生はこの学校に来ておらず存在もしたことがないときやがった。

処置なしだ。

手がかりはどこにある。これはハルヒによる人捜しゲームか？　消えた自分の所まで辿り着けという、そんな遊びなのだろうか。だが何のために。

俺は歩きながら考え込んだ。朝比奈さんの一撃の効果か、少しは頭が冷えてきた。カッカしていてもいいことはない。こういう時こそ冷静に、冷静に。

「頼むぜ」

呟きを吐いて俺が向かう先はただ一つ。最後の砦であり最終絶対防衛ライン。ここが陥落したら一巻の終わり、打ち切り終了だ。

部室棟、通称旧館にある文芸部部室。

そこに長門がいなければ、俺に何ができるというのだろう。

故意にゆっくりと歩き、時間をかけて部室へと移動する。数分後、古ぼけた木製扉の前に立った俺は胸に手を当てて心拍数を確認する。平常運転にはほど遠いが昼休みよりはマシになっている。異常の連鎖に遭いすぎて、だんだん感覚が麻痺してきたのかもしれない。こうなったらもうヤケである。最悪の結果を予想しつつ闇雲に前進するしかない。

俺はノックを省略し、勢いよく扉を開いた。

「…………！」

そして見た。

パイプ椅子に座り、長テーブルの片隅で本を広げている小柄な人影を。

驚いた表情で口を開け、眼鏡のレンズ越しに俺を凝視する長門有希を。


「いてくれたか……」

安堵の息とも溜息ともつかぬものを吐き出しながら後ろ手に扉を閉めた。長門はいつものように何も言わず、にもかかわらず俺は手放しで喜べなかった。朝倉との一件以来眼鏡をかけなくなったのが俺の既知である長門有希だ。しかるに、ここにいる長門の顔には、かつてこいつがかけていた眼鏡が今もある。改めて思うが長門は眼鏡のないほうが見栄えがするな。俺の趣味ではさ。

それに、そんな表情は似合わない。まるで全然知らない男子生徒にいきなり飛び込まれて不意を突かれた女子文芸部員のような顔じゃないか。なぜ驚くんだ。そんな感情から一番離れているのがお前の特色じゃなかったのか。

「長門」

朝比奈さんとのことに懲りていた俺は、突っ込みがちな上半身をなるたけ抑えてテーブルに近寄った。

「なに?」

長門は動かずに返答した。

「教えてくれ。お前は俺を知っているか?」

すっと唇を結び、長門は眼鏡のツルを押さえてしばらく沈黙の時を過ごした。

俺があきらめたほうがいいかと出家先を考え始めていると、

「知っている」

そう答えた長門は、俺の胸の当たりに視線を注いでいる。希望がわいてきた。この長門は俺の知る長門なのかもしれん。

「実は俺もお前のことなら多少なりとも知っているんだ。言わせてもらっていいか?」

「……………」

「お前は人間ではなく、宇宙人に造られた生体アンドロイドだ。魔法みたいな力をいくらでも使ってくれた。ホームラン専用バットとか、カマドウマ空間への侵入とか……」

言いながら早くも後悔の念が押し寄せてきた。長門は明らかに変な顔になっている。

目と口を開き、俺の肩口くらいに視線をさまよわせていた。俺と目を合わせるのを恐れているような気配が長門の周囲に漂流している。

「……それが俺の知っているお前だ。違ったか？」

「ごめんなさい」

耳を疑うようなことを長門は言った。なぜ謝る。どうして長門がこんなセリフを吐く。

「わたしは知らない。あなたが五組の生徒であるのは知っている。時折見かけたから。でもそれ以上のことをわたしは知らない。わたしはここでは、初めてあなたと会話する」

最後の砦は、脆くも風化した砂上の楼閣となって崩れ落ちた。

「……てことは、お前は宇宙人じゃないのか？　涼宮ハルヒという名前に何でもいい、覚えはないか？」

長門は「宇宙人」と唇を動かして面食らったように首を傾けた後、

「ない」と言った。

「待ってくれ」

長門でダメなら誰も頼れないことになる。生まれたてのツバメの雛が親鳥に見捨てられたようなものだ。こいつに何とかしてもらうしか俺の正気を確保する機会はない。

このままでは俺が狂ったことになる。

「そんなはずはないんだ」

だめだ、またもや冷静さが失われようとしている。頭の中で三原色の流星群が乱れ飛んでいるような混乱状態。俺はテーブルを迂回して長門の側に歩み寄った。

白い指が本を閉じる。分厚いハードカバー。タイトルを見て取る余裕はない。長門は椅子から立ち上がると、俺から退くように一歩後ろに下がった。磨きたての黒碁石みたいな二つの瞳が戸惑うように揺れ動く。

俺は長門の肩に手を置いた。朝比奈さん相手に失敗したばかりだが過去を顧みる余裕も失われていた。逃げられたくなかった一心だ。それにこうしてつかんでないと、そのうち知り合いすべてが手のひらからこぼれ落ちてしまうのではないかと俺は恐れた。これ以上誰も失いたくもない。

制服越しに伝わる体温を手で受け止めながら、俺は背けられたショートヘアの横顔に言った。

「思い出してくれ。昨日と今日で世界が変わっちまってる。ハルヒの代わりに朝倉がいるんだよ。この選手交代を誰が采配した？　情報統合思念体か？　朝倉が復活しているんだからお前も何か知ってるはずだ。朝倉はお前の同類なんだろう？　何の企みだ。お前なら解りやすくなくとも説明はできるはずだ——、」

これまでそうだったように、と続けようとして俺は飲み込んだ液状の鉛が胃腸に広がっていく感覚を覚えた。

この普通の人間のようなリアクションは何だ。

固く目を閉ざした長門の横顔、陶器のように白かった頬に朱が差している。薄く開いた唇から小刻み版溜息のような息を吐き、ふと気づくと俺がつかんでいる華奢な肩は、寒さに凍える子犬のように振動していた。震える声が耳に届く。

「やめて……」

我に返った。いつしか長門は壁に背を付けており、つまり俺は無意識のうちに長門をそこまで追い込んでしまっていたようだ。なんてことを俺はしている。これではまるで暴漢じゃないか。誰かに見られでもしたら即刻後ろに手が回ると同時に社会的制裁を受けること必至だ。二人きりの文芸部室でおとなしい女子部員に襲いかかった外道な畜生野郎。客観的に見てそれ以外の何者でもない。

「すまなかった」

両手をホールドアップして俺は力なく、

「狼藉を働くつもりはないんだ。確認したいことがあっただけで……」

足がよろける。俺は近くにあったパイプ椅子を引き寄せて水揚げ直後の軟体類のようにぐんにゃりと腰を下ろした。長門は壁にくっついたまま動かない。部室を飛び出して行かなかっただけ僥倖だと思わねばならないな。

改めて部屋内部に視線を周回させると、ここがSOS団秘密基地などではないことが一目で理解できる。この部屋にあるのは本棚とパイプ椅子数個、折りたたみ式長テーブルとその上に置いてある旧式のデスクトップパソコンのみで、それもハルヒの奸計によってコンピュータ研から奪取してきた最新機種ではない。それより三世代ばかり旧型だ。あれと比べたら二頭立て馬車とリニアモーターカーくらいの能力差があるだろう。

当然ながら「団長」と書かれた三角錐も置かれるべき団長机もなかった。冷蔵庫も様々なコスプレ衣装の吊られたハンガーラックもない。古泉が持ち込んだ各種ボードゲームもなく、メイドもいなければサンタの孫娘もいない。ナッシングアットオール。

「ちくしょう」

俺は頭を抱えた。ゲームオーバーだ。もしこれが何者かの精神攻撃なら、それはまんまと成功している。誉めてやるぜ。で、誰の実験だこれは。ハルヒか、情報統合思念体か、見えざる新たな世界の敵か……。

五分くらいそうしていたように思う。どうにか気を取り直すフリだけして、俺は怖々と顔を上げた。

長門はまだ壁に張り付いて俺に黒檀のような目を向けていた。眼鏡がちょっとズレている。天に感謝したいことがあるとすれば、長門の瞳に浮いているのが脅えや怖れではなく、死に別れたはずの兄と繁華街で偶然再会した妹のような色彩だったことだろうか。少なくとも通報されることはなさそうだ。恐慌状態の中にあって、ほんの少しだけ安心する要素である。

座ったらどうだ、と言いかけて、俺は長門の椅子を奪っていたことを発見した。座席を譲ってやろう。それより別の椅子を出したほうがいいか。いや、俺の近くに座りたくはないかもしれない。

「すまん」

もう一度謝って俺は立ち上がった。たたんだ状態で立てかけてあったパイプ椅子を持ち、部屋の中央へと移動する。長門から充分な距離だと判断したところで椅子に座り、引き続き頭を抱えることにする。

ここはただの零細文芸部だ。五月のあの日、制御の利かない工業用ロボットみたいなハルヒに力ずくで連れてこられ、長門と初顔合わせした時分の俺が見た部屋模様である。その時ここにはテーブルと椅子と本棚と長門しか付属していなかった。雑多なものが増え始めたのはそれからだ。「これからこの部屋が我々の部室よ！」とハルヒが宣言してからなのだ。コンロやヤカンや土鍋や冷蔵庫やパソコンが備わったのは……

……。

「うん？」

俺は頭を押さえる手を浮かす。

待て、何が備わったって？

ハンガーラック、給湯ポット、急須、湯飲み、食器、古いラジカセ……。

「違う」

SOS団のアジトとなる前の部室にはなく、以後の部室にはあり、かつ今のこの部屋にもあるものを探せ。

「パソコンだ」

確かに種類は違う。電源コードしか床を這ってないので多分ネットにも繋いでいない。しかし注意を喚起されるものと言えばこれしかない。間違い探しの唯一の解答だ。

長門は立ったままだった。そんなに気になるのか、俺をずっと眺めていたようだ。しかしこちらが顔を向けると、すかさず視線を床に落とす。注意深く見れば頬のあたりがまだ淡く色づいている。ああ……長門。これはお前ではないんだな。お前が顔を紅潮させて困ったように目を泳がすことなんてないものな。

無理かもしれないができるだけ警戒されないように俺は自然を装って立ち上がった。

「長門」

パソコン背面を指で差し、

「それ、ちょっといじらせてもらっていいか？」

長門は顔を驚かせ、しばらくして困惑がありありと解る表情に変化して、俺とパソコンを三度交互に見ていたが、大きく息を吸った後、

「待ってて」

ぎこちない動作で椅子をパソコン前まで持っていき、本体の電源スイッチを押してから座った。

ＯＳが立ち上がるまでには買ったばかりのホット缶コーヒーが猫の飲み頃温度になる時間が必要だった。リスが木の根をかじっているような音がやっと終わると、長門はマウスを素早く操作し、俺の推測ではいくつかのファイルを移動ないし削除しているようだ。あまり人に見せたくないものがそこにあったのだろう。気持ちは解る。俺だってＭＩＫＵＲＵフォルダを誰にも見られたくない。

「どうぞ」

か細い声で長門は俺を見ずに言い、また椅子から離れて壁面の歩哨となった。

「悪いな」

席に着いた俺はさっそくモニタをのぞき込み、知る限りのあらゆるテクニックを駆使してＭＩＫＵＲＵフォルダとＳＯＳ団サイトファイルを探し求めたが、徒労感が肩を落とさせた。

「……ねえか」

どうやっても繋がりを見つけることができない。ハルヒがここにいたという証拠がどこにもない。

先ほど長門の隠したデータが何だったろうかとも思ったが、監視するような視線が俺の背後から届いている。見られてはマズいものを発見されそうになるや、即座に電源コードを引き抜こうと身構えているような気配である。

俺は席を立った。

手がかりはこのパソコンにはないのだろう。本当に見たかったのは朝比奈画像集でもSOS団ウェブサイトでもない。ハルヒと俺が閉鎖空間に囚われてしまったときに出現したような、長門のヒントメッセージが表示されるんじゃないかと思ったのだ。

その期待は無惨に投げ捨てられた。

「邪魔したな」

疲労した声で告げて俺は扉に向かった。帰ろう。そして寝てしまおう。

ここで意外なことが起こった。

「待って」

長門は本棚の隙間から藁半紙を引っこ抜き、ためらいがちに俺の前に立つ。そして俺のネクタイの結び目あたりを見ながら、

「よかったら」

片手を出してきた。

「持っていって」

渡されたのは白紙の入部届けだった。


さて。

せめてもの救いは今まで散々非常識な目に遭っておいてよかったということだ。でなけりゃ、とうにカウンセラーの姿を求めて走り回っているに違いない。

状況を鑑みると俺の頭がバッドな感じにオシャカになったか世界の気が違っちまったかのどちらかだが、今の俺は前者の可能性をほぼ排除できる。いつだって俺は正気で、世界に転がる森羅万象に対するツッコミ役を自任しているのだ。おかしくなっている世界にホラ、こうしてツッコミを入れることだってできるぞ。なんでやねん。

「…………」

俺は長門ばりに沈黙する。色々な意味でうすら寒い。空元気にも限度はある。

長門は単なる読書好き眼鏡っ娘になってるし、朝比奈さんは見知らぬ上級生、古泉なんかはどこで学生をやっているのか、北高に転校もしてきていない。

何なんだよ、これは。

俺に最初からやり直せって言うのか？　それにしては季節が変じゃねえか。リセットしてまた初っぱなから……つうのなら、高校生活初日に戻してくれてもいいだろう。誰がリセットボタンを押したのかは知らんが、時間の流れはそのままに環境設定だけ変えちまってもオロオロするだけだぞ。現にすっかり狼狽しまくっている。この役どころは朝比奈さんのものじゃなかったのか。

それにあいつはどこにいる。俺だけをこんな所におっぽり出しておいて、あのアホはどこでのうのうと生活しているんだ。

ハルヒはどこだ？

お前はどこにいる。

早く姿を現してくれ。不安になるじゃねえか。

「……くそ、何で俺があいつの姿を捜さないといけないんだ」

それともハルヒ、ここにお前はいないのか。

勘弁してくれよな。どうして俺がこんなことを思うのかは俺にだって解らないが、お前が出てこないと話にならんだろうが。俺だけにこんな憂鬱で溜息な気分を押しつけるのは筋違いだぞ。何を考えていやがった。

王墓作りの材料となる巨大な石を担いで坂を上っている職業奴隷の気分を味わいな

がら、俺は渡り廊下から見える寒々とした薄曇りの空を見上げる。

ポケットの入部届けがカサリと音を立てた。


自宅の部屋に戻った俺を出迎えたのはシャミセンと妹だった。妹は無邪気に笑いながら先端にモジャモジャの付いた棒を振って、ベッドに寝そべるシャミセンの頭をぺたぺた叩いている。シャミセンはめんどくさそうに目を細めつつ、時折手を出して妹の相手をしてやっていた。

「あ、おかえりー」

妹は笑顔で俺を見上げて、

「晩ご飯もうすぐだって。ごはんだにゃあ、シャミー」

シャミセンも俺を見上げたが、すぐあくびをして妹の繰り出す猫じゃらし作戦に投げやりな応戦をした。

そうか、まだこいつらが残っていたな。

「おい」

俺は猫じゃらし棒を奪い取ると、それで妹のデコをパスンと叩いた。

「ハルヒを覚えているか？　朝比奈さんでもいい。長門は？　古泉は？　一緒に草野球して、映画に出たことはないか？」

「なーに、キョンくん。知らぁなぁい」

次に俺はシャミセンを抱き上げ、

「この猫はいつからこの家にいるんだ？　誰が連れてきた」

妹はもともと丸い目をさらに円に近づけ、

「んーと先月。キョンくんが持ってきたよ？　でしょ。外国に行っちゃうトモダチからもらったんだよね。ねぇシャミー」

俺の手から三毛猫をむしり取ると、妹は愛おしそうに頬ずりし、眠そうに目を細めるシャミセンが悟りきったような顔で俺を眺めた。

「貸せ」

再び猫を奪取する。品物のようにやりとりされて迷惑そうにヒゲを震わせるシャミセンには後で乾燥餌で報いてやることにする。

「俺はこいつと話がある。二人きりでな。だからお前は部屋を出て行け。今すぐだ」

「えー。あたしもお話ししたい。ずるいよキョンくん。え？……シャミとおしゃべり？　え？　ほんとに？」

俺は問答無用で妹の腰を抱えると部屋の外に放り出し、「絶対開けるな」と厳命してドアを閉じた。直後、

「おかーさーん。キョンくんがー頭おかしくなってるよー」

ひょっとしたら本当かもしれないことを叫びながら階段を下りていく妹の声が聞こえる。


「さあ、シャミセン」

俺はあぐらを組んで、床にちょこんと座る貴重なオス三毛猫に言った。


「以前、俺はお前に絶対喋るなと言った。だがそれはもういい。むしろ喋ってくれたほうが今の俺は安心する。だからな、シャミセン。何か喋れ。なんでもいい。哲学ネタでも自然科学ネタでもいい。解りやすくなくていい。喋ってくれ」

シャミセンは俺を退屈そうに見上げていたが、心底退屈になったのかちゃっちゃと毛繕いを始めた。


「……俺の言ってることが解るか？　喋ることはできないがヒアリングはできるとか、そんなんか？　だったらイエスの場合は右前足を、ノーの場合は左前足を出してくれ」

手のひらを上向けて鼻面に突きつける。シャミセンはしばらく俺の指のにおいをくんくんと嗅いでいたが、やはりというか、何も言わず何の意思表示もすることなく、毛繕いに戻った。

そうだろうな。

こいつが喋ったのは映画撮影の間、それも短い間だけだ。クランクアップと同時にこいつは普通の猫になっちまった。喰う寝る遊ぶくらいしか動詞を持ち合わせていない、当たり前の猫である。

一つ解った。ここは猫が喋るような世界ではない。

「あたりまえだろ」

脱力して寝転がりながら俺は手足を伸ばした。猫は喋ったりしない。だからおかしかったのはシャミセンが口をきいたあの時のほうで、つまり今はおかしくない。だが本当にそうか？

いっそ猫になってしまいたい。そうしたら何を考えることもなく本能のままに過ごせるだろうのに。

妹が晩飯の完成を告げに来るまで、俺はそうしていた。

第二章

煮こごりに閉じこめられたような十二月十八日が終わり、次の一日が始まった。

十二月十九日。

今日から短縮授業に入る。本来ならもっと早くに短縮されるはずだったのだが、この前の全国模試で市立のライバル校に総合成績を追い抜かれたことにムカっ腹を立てた校長が、学力向上というお題目を唱えて無理矢理変更してしまったのだ。その歴史は変化しなかったようだな。

変わったのは俺の周辺、北高、ＳＯＳ団の周りだけか。何者かの恣意的な目論みを振り払うことができないまま登校すると、五組の欠席者数はさらに増えていた。谷口もとうとう四十度が出たのか、姿がない。

そして俺の後ろの席には今日もハルヒではなく朝倉がいて、

「おはよう。今日は目が覚めてる？　だといいんだけど」

「まあな」

仏頂面で俺は自分の机に鞄を置いた。朝倉は頬杖しながら、

「でもね、目が開いているだけでは覚醒してるってことにはならないのよ。目に映るものをしっかり把握して、それで初めて理解の助けになるの。あなたはどう？　ちゃんとできてるかしら」

「朝倉」

俺は身を乗り出して、朝倉涼子の整った顔つきに眼光を飛ばした。

「本当に覚えがないのか、しらを切っているのかもう一度教えろ。お前は俺を殺そうと思ったことはないか？」

ふっと朝倉の顔が曇った。またあの病人を見るような目だ。

「……まだ目が覚めてないみたいね。忠告するわ。早めに病院に行ったほうがいいわよ。手遅れにならないうちにね」

それっきり口をつぐみ、俺を無視して隣の女子と談笑を始めた。

俺も前へと向き直り、ただ腕を組んで空中を睨みつける。

こういう喩えはどうだろう。

とある所にとても不幸な人がいたとする。その人は主観的にも客観的にも実に見事

なくらいの不幸な人で、悟りの奥義を極めた晩年のシッダルタ王子でさえ目を逸らしてしまうような本質的な不幸を体現している人間である。その彼（彼女でもいいのだが、めんどいので彼にしておく）が、いつものように不幸にさいなまれながらの眠りに就き、ふと翌朝目を覚ますと世の中が一変していたとしよう。そこはまさにユートピアと言っても言葉が足りないほどの素晴らしい世界で、彼の上から不幸なる概念を一掃し、すべてにおいての幸福が彼の身体と精神に隙間なく充満している。もはやどんな不幸も彼の身に降りかかることはない。一夜にして彼は地獄から天国へと誰かに連れて行かれたのだった。

もちろんそこに彼自身の意思は介在しない。彼を連れ去ったのは彼の知らない誰かであり、その正体はまったくの不明なのだ。何を考えて彼をそのようにしたのかは解らない。きっと誰にも解らないであろう。

さてこの場合、彼は喜ぶべきなのだろうか。世界が変化したことで、彼は不幸せではなくなった。しかしそれは彼の元いた世界とは微妙に異なる場所であり、何よりもこうなってしまった理由が最大の謎として残されるのだ。

彼はそれでも幸福を得たことを最大の評価基準として、その何者かに感謝するのだろうか。

言うまでもなくその彼は俺ではない。程度が違いすぎる。

あー……これは我ながら喩えが悪かったな。先日までの俺は別に不幸の底辺を極めていたわけじゃないし、今の俺がめったやたらに幸福なわけでもない。

だが程度問題を度外視さえすれば、当たらずとも遠からずと言ったところだ。これまでの俺はハルヒにまつわる変な出来事に神経を左右されていたし、それは現在の俺にとってはもはや無縁のものらしいからだ。

しかし――。

ここにはハルヒはおらず、古泉もおらず、長門と朝比奈さんは普通の人間で、SOS団なんてものは影も形も存在しない。エイリアンもタイムトラベルもESPもなしだ。ましてや猫が喋ったりすることもない、非常に普通の世界である。

どうなんだ？

これまでと、この今と、どっちの状況がよりふさわしいんだ。どちらが喜ばしい状態なのだろう。

俺は、いま幸せなのか？

放課後、習慣的に文芸部室へと足が向いていた。毎日同じことを繰り返していれば考えなくても身体が動くという典型的な自動的行動である。風呂に入って体を洗う順番が特に決めてないのにいつしか機械的に一緒になってしまうのと同じことだ。

いつだって俺は授業が引けるとSOS団へと向かい、朝比奈さんのお茶を飲みつつ古泉とゲームをしつつハルヒの譫言のようなトークに耳を傾けていた。その習慣がたとえ悪癖であったとして、むしろ悪癖だからこそ今更やめろと言われても難しい。

だが今日はちょっと雰囲気が違う。

「これ、どうする？」

歩きながら見ているのは白紙の入部届けだ。昨日の長門が俺にこれをくれたのは、文芸部に入部せよという意思表示だろう。しかし何故俺を誘ったのかは解らない。他に部員がいなくて廃部の危機だからか？　にしても、突然現れて襲いかかり同然のことをした俺を入部させようとはいい度胸じゃないか。長門だけに、この間違っている世界でもどこか奇妙なのは変わりなしか。

「ひっ」

部室棟へ行く途中で、また朝比奈さん鶴屋さんコンビとすれ違った。俺を見るなりビクッとして鶴屋さんにすがりつく愛らしい上級生に心を痛めつつ、俺は素早くお辞儀をして早足で立ち去った。もう一度あの甘露を飲むことができる日常が来て欲しい。

今度はノックして、小さな返答を聞いた。扉を開けたのはそれからだ。

部室にいた長門の視線が俺の顔面表皮を走り抜け、また手元の本に舞い戻る。眼鏡をちょいと押さえた仕草がまるで挨拶のように見えた。

「また来てよかったか」

小さな頭がこくりとうなずく。しかし目下の関心は広げている本のほうにあるようで、それきり顔を上げない。

俺は鞄をそこらに立てかけて、さてどうしようかと次の行動を模索したものの、だがこの殺風景な部屋では手に取る小道具もそれほどなく、仕方がないので本棚を眺めた。

全段びっしりと大小様々な書籍が並んでいる。文庫やノベルスよりハードカバーが多いのは、この長門もまた厚物好きだからなのだろう。

沈黙。

長門相手の沈黙には慣れたはずの俺だが、今日のここにおいてはそれはちと苦痛だ。何か喋ってないと余計に不安になる。

「全部、お前の本か？」

すぐさま反応が返ってきた。

「前から置いてあったのもある」

長門は持っていたハードカバーの表紙を見せて、

「これは借りたもの。市立図書館から」

市の所有物であることを示すバーコードシールが貼ってある。ラミネート加工された表紙に蛍光灯の光がチラリと反射して長門の眼鏡を一瞬輝かせた。

それで会話終了、再び長門は厚い書物の黙読に挑戦し、俺は居場所を見失う。沈黙がたまらなく気詰まりだ。俺は話の接ぎ穂を適当に探し、適当な言葉を吐いた。

「小説、自分で書いたりしないのか？」

四分の三拍子ほど間があって、

「読むだけ」

レンズに隠されがちの視線がパソコンを一瞬捉えたのを俺は見逃さなかった。そうか、俺に見せる前の作業はそのためのものだったか。無性に長門の書いた小説とやらが読みたくなる。こいつならいったい何を書くだろう。やはりＳＦかな。まさか恋愛ものではないだろうな。

「…………」

もともと長門とは会話が成立しにくい。それはこの長門でも変わりがないようだった。

俺は再び本棚を相手に無言の行を開始する。

何気なく背表紙を見ていると一冊の本に目が留まった。

見覚えのあるタイトルだ。ＳＯＳ団勃興期の初っぱな、長門が貸してくれた海外ＳＦ大長編の一巻目で、恐るべき文字数を誇る本だ。そういやまだ眼鏡っ娘だったあの時の長門は、有無を言わせず俺にこれを押しつけ「貸すから」と言ってさっさと立ち去ったのだった。読了までに二週間かかったよ。あれから何年も経った気がする。色々ありすぎたさ。

妙に懐かしい思いが生じ、俺はそのハードカバーを本棚から引き出した。書店でもないのに立ち読みするのは真面目に読むつもりがないからで、ぱらぱらと適当にページをめくって元の位置に戻そうとした俺の足元に、小さな長方形の紙切れが滑り落ちた。

「何だ？」

拾い上げる。花のイラストが入った栞だ。本屋が勝手に袋に入れてくれるような——栞？

ぐるりと視界が回転したような気がした。そう……。あの時……。俺は自宅の部屋でこの本を開き……。この栞と同じ物を発見したのだ……。そして自転車に飛び乗った……。そのフレーズを俺はソラで暗唱できる。

午後七時。光陽園駅前公園にて待つ。

息を止め、震える手で裏返して——見た。

『プログラム起動条件・鍵をそろえよ。最終期限・二日後』

ハードカバーから舞い落ちた栞には、いつかの伝言のような明朝体の文章が書いてある。

とっさに俺は向き直り、三歩で長門のテーブル前に接近した。開かれていく黒い瞳を見据えながら、

「これを書いたのはお前か？」

差し出された栞の裏面を見つめて、ややあって長門は首を斜に構えた。そして困惑した顔で、

「わたしの字に似ている。でも……知らない。書いた覚えがない」

「……そうか。そうだろうな。いや、いいんだ。知ってたらこっちが困ってたところだ。ちょっと気になることがあってな。いーや、こっちの話で……」

言いわけめいたセリフをこぼしながらの俺はまるで上の空にいるようだ。

長門。

やはりメッセージを残してくれてたか。無味乾燥な文字列だけでも嬉しいぜ。これ

は俺がすっかり馴染んだお前からのプレゼントでいいんだよな？　状況を打破するヒントで合っているよな。でなければこんな思わせぶりなコメントは書かないだろう？

プログラム。条件。鍵。期限。二日後。

……二日後？

今日は十九日だ。今この瞬間から数えて二日後でいいのか、それとも世界がおかしくなった昨日からか。最悪それでいくとしたら期限は二十日、明日だ。

単発的な驚喜が地面をスローペースでつたう溶岩のように徐々に冷えていく。何だか解らないがプログラムとやらを起動させるには鍵とやらを集めるしかないらしい。でも鍵って何だ？　どこに落ちてんだ？　何個いる？　揃えたとしてどこに持っていけば記念品と引き替えてくれるんだ？

ハテナマークの群れが俺の頭上を旋回し、やがて一つの巨大ハテナとなった。

そのプログラムを起動すれば、世界は昔の姿に立ち戻るのか？

取り急ぎ俺は本棚の本を片端から出しては戻ししながら、他に栞が挟まってないかを確認した。長門のあっけにとられたような視線を浴びながら手間ヒマかけた結果、収穫はゼロ。他になし。

「これだけか」

まあ、多くを望んで色々土産をもらったとして、その重みで立ち上がれなくなれば元の木阿弥だ。目的地を定めず手当たり次第に動き回っても時間とライフゲージを浪費するだけである。まずは鍵とやらに当たりをつけんといかん。まだ山頂には遠いが、かろうじて指針が見えてきた。

俺はいいか悪いか尋ねた上でテーブルに弁当を広げ、長門の斜向かいで昼飯を喰いながら考えも広げた。長門はちらほらとこっちを見ているようだが、俺は機械的に箸を使い、脳みそに栄養をせっせと運び続けることを急務とする。

いつしか弁当を喰い終わり、お茶をオーダーしようとして朝比奈さんがいないことに気づいたりして落胆しつつも考え続けた。ここが正念場だ。せっかくのヒントを無駄にはできない。鍵だ鍵。鍵鍵……。

そのまま二時間ほど思案に熱中しただろうか。

俺は自分のバカさ加減にほとほと愛想を尽かす思いに満たされつつ打ちひしがれ、独り言を呟いた。

「まったく見当がつかん」

だいたい鍵っつっても漠然としすぎている。まさか本当に施錠に使うヤツではないだろうから、ここはキーワードとかキーパーソンとかのキーなのだろうが、そうは言っても範囲が広すぎる。アイテムなのかセリフなのか持ち運びができるのかできないのか、その程度の情報もオプションサービスで付け加えて欲しかった。栞を書いた長門の思考を読もうとしても、思い出すのはあいつが難しい本を読んでいる心象風景くらいのもので、有り難くもまどろっこしい言説は俺の知る長門そのままである。

ふと気になって斜め向かいを見ると、こっちの長門は居眠りでもしているかのように動いていない。気のせいかもしれないが読んでる本のページも全然進んでいないように思える。だが午睡ではない証拠に、長門は俺がぼんやり眺めているのに気づいて顔に仄かな朱を差し込み始めた。こちらの文芸部員長門はどうやら極度の照れ屋なのか、人に注目されることに慣れていないかのどっちかだ。

外見のそっくり同じ娘が見慣れない反応ばかりするので、俺は新鮮な気分となった。わざとじっくり観察してやる。

「…………」

目の焦点は本の文字上に合っているようだが何一つ読んでいないのは明らかである。長門は薄く開いた口で音もなく呼吸しており、薄い胸の上下運動もはっきり解るまでになってきた。弱々しげな頬周辺がますます赤くなっていく。本心を言うと、そんな長門はちょっと——いや、かなり可愛かった。一瞬だけだが、このまま文芸部に入部してハルヒのいない世界を楽しむのも悪くないかなと思ったほどだ。

しかし、まだだ。まだ投げ出すわけにはいかない。俺はポケットから栞を出して折らないように握った。これを紛れ込ませてくれたということは、三角帽子をかぶって本読んでた長門はまだ俺に用があるのだ。俺にだってあるぞ。ハルヒの手製鍋料理を喰ってないし、朝比奈サンタもまだ目蓋に焼き付けていない。部室をデコレーションするのに忙しくて古泉とのゲームは佳境で中断している。あのまま進めば勝っていただろうから、俺は百円損したことになる。

窓から西日が差し始め、傾いた太陽が巨大なオレンジボールとなって校舎の背後に隠れようとする時間になっていた。

じっと座っているのも疲れてきたし、これ以上絞っても脳みそから有益なアウトプットを得られそうにもない。俺は椅子を立って自分の鞄に手を伸ばした。

「今日は帰るよ」

「そう」

長門は読んでいたのかそうでないのか解らないハードカバーを閉じ、自分の通学鞄にしまい込んで立ち上がった。ひょっとして俺が言い出すのを待っていたのか？

鞄を片手に提げ、俺が歩き始めるまでそのまま立ち続けるかのごとく動かない身体

に、

「なあ、長門」

「なに？」

「お前、一人暮らしだっけ」

「……そう」

なぜ知ってるのかと思っているんだろうな。

家族はいないのかと訊こうとして、睫毛がひそやかに伏せられるのを見て思いとどまる。調度品がほとんどない部屋を思い出した。最初に行ったのは七ヶ月前、気宇壮大なスケールで語られるコズミックな電波話に色んな意味でビビった。次に訪れたのは三年前の七夕で、そん時は朝比奈さんを伴っていた。一度目より二度目のほうが時系列的には先ってんだから、俺も器用なことをしたものだ。

「猫でも飼ったらどうだ。いいぞ、猫は。いつもしまりのない態度でいるが、時たまこっちの言うことを解ってんじゃないかって気がするんだ。喋る猫だっていても不思議じゃない。リアルにそう思うぜ」

「ペット禁止」

そう言ってからしばらく黙って悲しげな目を瞬かせていたが、ツバメの風切り音みたいな息を吸うと脆い音声を吐き出した。

「来る？」

長門は俺の爪先を見ている。

「どこに？」と俺。

俺の爪先が返事を聞いた。

「わたしの家」

二分休符ほど沈黙してから俺は言った。

「……いいのか？」

いったいどうしたことだろう。照れ屋なのか臆病なのか積極的なのか全然解らん。この長門の精神状態はまるで一貫していない。それともこの時期の平均的な高校一年女子のメンタリティはクジラ座α星の変光周期並みに不規則なのか？

「いい」

長門は俺の視線から逃げるように歩き出した。部室の電気を消し、扉を開いて廊下に姿を消す。

そしてもちろん、俺も後を追った。長門の部屋。高級分譲マンションの７０８号室。客間を覗かせてもらうことにしよう。新たなヒントが見つかるかもしれない。

もし、そこで別の俺が寝ていたら、ただちに叩き起こしてやる。

学校からの帰り道、俺と長門の間に会話はなかった。

長門はまっすぐ前だけを向いて黙々と歩いているだけで、冷たく強い風に吹かれるような歩調で坂道を下り続けている。短い風で吹き乱れる半端なシャギーの入った後頭部を眺めながら、俺もまた事務的に両足を淡々と動かすのみだ。語りかけるべき言葉はあまりないし、なぜ俺を誘ったのかは訊かないほうがいいような気がした。

延々歩き続けてようやく長門が立ち止まったのは、例の高級マンションだ。ここを訪れるのは何回目だろう。うち長門の部屋に入ったのが二回、朝倉の部屋の前まで行ったのが一回、屋上に上ったのが一回。

長門は玄関のキーロックに暗証番号を打ち込んで施錠を解除し、そのまま後ろを振り返ることなくロビーに足を進めた。

エレベータ内でも無言で、七階の八号室のドアに鍵を差し込み、開けて俺を招き入れるのも素振りだけで通した。

俺も無言で上がり込んだ。部屋のレイアウトは記憶のまま変化していない。殺風景な部屋である。リビングにはコタツ机が一つあるきりで他に置かれている物はない。カーテンがないのも相変わらずだ。

そして客間はあった。襖で仕切られた部屋がそれのはずだ。

「この部屋、見せてもらっていいか？」

急須と湯飲みを持ってキッチンから出てきた長門に訊いてみた。長門はゆっくり瞬きしていたが、

「どうぞ」

「ちょっと失礼する」

車輪でも付いているかのように襖は滑らかに開いた。

「…………」

畳しかなかった。

まあ、そうだろ。そう何度も過去に行ったりしないよな……。

俺は襖を元通りに閉めて、こちらを見守っていた長門に両手を開いて見せた。さぞかし意味のない行動に見えただろう。しかし長門は何も言わず、コタツ机に湯飲みを二つ置くと丁寧に正座してお茶をつぎ始めた。

その正面に俺は胡座をかいて座る。最初に来たときもこうだった。長門の入れるお茶を何杯も無意味に飲んでいて、それからあの宇宙的一人語りを聞いたのだ。あれはやたら暑い新緑の季節のことで現在の寒さとは隔世の感がある。今のほうが心だって寒い。

差し向かいで黙々と茶を飲みながら、長門は眼鏡の奥にある瞳を下に向けていた。

なにやら長門は躊躇しているようだ。口を開きかけては閉じ、意を決したように俺を見上げてはまたうつむき、という仕草を繰り返していたが、湯飲みを置いて絞り出すような声で言った。

「わたしはあなたに会ったことがある」

付け加えるように、

「学校外で」

どこだ。

「覚えてる?」

何を。

「図書館のこと」

それを聞いて脳の奥にある歯車がきしむかのような音を立てた。図書館での長門と過ごした思い出が蘇る。記念すべき不思議探しツアー第一弾。

「今年の五月」

長門は目を伏せながら、

「あなたがカードを作ってくれた」

俺は精神的電撃に打たれて動きを止めた。

……そうだ。そうでもしないとお前は棚の前から動こうとしなかったからな。ハルヒからの呼び出しが迷惑電話のようにかかってきていたし、急いで集合地点に戻るためにはそうするしかなかった……。

「お前、」

しかし、続く長門の説明は俺の記憶にあるシチュエーションとは異なっていた。この長門の小さなポツポツ声によると——。

五月半ば頃に初めて市立図書館に足を踏み入れた長門だが、貸し出しカードの作り方がよく解らなかった。職員に一声かければ済むものの、少ない職員たちは誰もが忙しそうにしている。また、引っ込み思案で口べたな自分にはその勇気がなかった。そうして、いたずらにカウンターの前をうろうろしているところを、見るに見かねたのだろう、通りすがりの男子高校生がすべての手続きを買って出て、代わりに全部やってくれた。

それが、

「あなただった」

長門の顔が俺の方を向き、半秒ほど視線を合わせてからまたコタツの上に落とされた。

「……………」

この三点リーダは俺と長門のぶんだ。家具のないリビングに沈黙が戻り、俺もまた言う言葉がない。覚えているかという質問に答えようがないからだ。こいつの思い出と俺の思い出は変な具合にズレている。図書カードを作ってやったのは事実だが、たまたま通りすがったのではなく、そこまで長門を連れて行ったのは俺だ。見つかりようもない不思議探索パトロールを放棄して、暇つぶしの場所として図書館を行く先に選んだんだ。黙ってついてくる長門の制服姿を忘れることは、いくら俺の物覚えがイソギンチャクの幼体程度だとしてもまだ無理である。

「………」

俺の無言をどう受け取ったのか、長門は少しだけ悲しそうに唇をゆがめ、細い指先で湯飲みの縁をなぞった。その指がほんの僅か震えているのを見て、いっそう何とも言えない気分になり、実際、何も言わなかった。

覚えていると答えるのは簡単だ。あながち間違っていない。ただ齟齬があるだけだ。そしてこの場合、その齟齬こそが最大の難問なわけである。

なぜ違ってしまったのか。

俺の知っている宇宙人はどこに行ってしまった。栞だけを残して。

ぴん、ぽーん――。

永劫に続きそうな沈黙を破壊したのは、インターホンのベルだった。突然の音に俺は座ったまま宙に浮きそうなくらい驚いた。長門も驚いたのだろう、ビクッと身体を震わせて玄関へと振り向いた。

再びベルの音。新たな来訪者か。しかし長門の部屋を訪ねてくるような奴ってのはいったい誰だ。集金人か宅配業者以外に考えつかんが。

「…………」

長門は肉体から離脱したばかりの霊体のような動きで立ち上がり、足音も立てずに部屋の壁際に移動した。インターホンのパネルを操作して、何者かの声に耳を傾ける。そして俺を振り返ってちょっと困った顔をしてから、

「でも……」とか「いまは……」とか、おそらく断りの言葉を細々とスピーカーに話しかけていたが、

「待ってて」

押し切られたように呟くと、すうっと玄関まで行ってドアの鍵を開けた。

「あら？」

扉を肩で押しのけるようにして入ってきた娘は、

「なぜ、あなたがここにいるの？　不思議ね。長門さんが男の子を連れてくるなんて」

両手で鍋を掲げ持った北高の制服姿は、爪先を戸口の床に押し当てて器用に靴を脱ぎ、

「まさか、ムリヤリ押しかけたんじゃないでしょうね」

こいつこそ、なんだってここにまで登場するんだ。教室以外でお前の顔を見るなんて、想定外のシーンだぞ。

「わたしはボランティアみたいなものよ。あなたがいることのほうが意外だな」

そう言って笑う秀麗な顔は、クラスの委員長で俺の後ろの席にいる奴だ。

朝倉涼子がやって来た。

「作り過ぎちゃったかしら。ちょっと熱くて重かったわ」

微笑んで朝倉は大きな鍋をコタツの上に置いた。この時季にコンビニ行けばたいていこの匂いが出迎えてくれる。鍋の中身はおでんだった。朝倉が作ったのか？

「そうよ。大量に作ってもそう手間のかからない物は、こうして時々長門さんにも差し入れるの。放っておくと長門さんはロクな食事をしないから」

長門はキッチンで皿と箸の用意をしていた。食器の触れ合う音がする。

「それで？　あなたがいる理由を教えてくれない？　気になるものね」

答えに窮した。来たのは長門に誘われたからだが何を思って誘ったのかがよく解らない。図書館の話をするためか？　そんなの部室でもできただろう。俺はと言うとここに鍵だか何だかのとっかかりがあるかと思ってホイホイとやって来たのだが、それをそのまま言うわけにはいかない。また頭の心配をされるのがオチだ。

俺の口はデマカセを喋った。

「あー、ええとだ。長門とは帰り道に一緒になって……。そう、俺はいま文芸部に入ろうかどうか悩んでいる。そいつをちょっと相談しながら歩いてたんだ。そうしているうちにこのマンションの近くまで来たからさ、話の続きもあるしで、上がらせてもらった。無理にじゃないぜ」

「あなたが文芸部？　悪いけど、全然ガラじゃないわね。本なんて読むの？　それとも書くほう？」

「これから読むか書くかしようかどうかを悩んでいたんだよ。それだけだ」

コタツの上では蓋の取られた鍋が食欲をそそる香りを四散させている。ダシ汁から見え隠れする煮卵がいい色になっていた。

左斜め前に正座する朝倉が奇妙な視線を向けている。視線に質量があったら、俺のこめかみに小さな穴が開いているような、そんな険を感じるのは俺の気の回しすぎだろう。以前の朝倉は途中で殺人鬼と化したが、この朝倉の凜とした態度の裏には確立された自信らしきものが仄見える。きっとこのおでんだってどこで食べるよりも美味に違いない。それが俺にはプレッシャーだった。目下のところ俺にはあらゆる意味で何の自信もない。ただ右往左往しているだけだからな。

やりきれない気分になって、俺は鞄を手にして立ち上がった。

「あら、食べてかないの？」

揶揄するような朝倉の声に無言でもって答え、俺はリビングから忍び足で出ることにした。

「あ」

台所から出てきた長門と衝突しそうになる。長門は重ねた小皿に箸と練りカラシのチューブを載せていた。

「帰るよ。やっぱ邪魔だろうしな」

じゃな、と立ち去りかけた俺の腕に、羽毛のようにやんわりとした力が加わった。

「……………」

長門が、俺の袖をそっと指でつまんでいる。まるで生まれたばかりの赤ん坊ハムスターをつまみ上げようとしているような、小さな力だった。

今にも消えそうな表情だ。長門はうつむいて、ただ指だけを俺の袖に触れさせている。俺に帰って欲しくないのか、朝倉と二人でいるのが気詰まりなのか、だがこの消え入りそうな長門の姿を見ているとどっちでもよくなってきた。

「――と思ったが、喰う。うん、腹が減って死にそうだ。今すぐ何か腹に入れないと、家まで保ちそうにないな」

やっと指が離れた。なんとなく名残惜しい。長門の明確な意思表示なんて普通だったらまず見られない。希少価値がある。

リビングに舞い戻った俺を見て、朝倉は解っていたとでも言いたげに目を細めた。


俺の味覚はウマいと絶叫していたが、心の奥底では何喰ってんだか解っていないような気分でひたすらおでんの具を口に詰め込んでいた。長門はちまちました食べ方で昆布を齧り終えるのに三分くらいかけていて、その場で明るく話しているのは朝倉だけで、俺は生返事に終始している。

そんな地獄の門前でビバークしているような食事風景が一時間ほど続き、カチコチに肩が凝った。

ようやく朝倉は腰を上げ、

「長門さん、余った分は別の入れ物に移してから冷凍しておいて。鍋は明日取りに来るから、それまでにね」

俺もそれに倣う。縛鎖から解放された気分だ。曖昧にうなずいていた長門は、うつむいたまま俺たちをドアまで見送りに来た。

朝倉が先に出たのを確認して、

「それじゃあな」

俺は戸口の長門に囁いた。

「明日も部室に行っていいか？　放課後さ、ここんとこ他に行くところがないんだよ」

長門は俺をじっと見つめ、それから……。

薄く、だが、はっきりと微笑んだ。

目眩がした。

エレベータで降りている最中、朝倉は含み笑いを浮かべて言った。

「あなた、長門さんが好きなの？」

嫌いなわけはない。好きか嫌いで言えば前者だが、もともと嫌いになる理由なんかまったくない。命の恩人でもあるのだ。そうさ。朝倉、お前の凶刃から救ってくれた長門有希を、俺が嫌うはずはないだろうが。

……とは言えなかった。この朝倉はあの朝倉ではないようだし、長門だってそうだ。ここでは俺だけが気を違えているようで、みんな普通の人間になっちまっている。SOS団はここにはない。

俺が答えないのをどう思ったか、美人の同級生は軽く鼻で笑った。

「そんなわけないか。わたしの考え過ぎよね。あなたが好きなのはもっと変な子なんでしょうし、長門さんには当てはまらないわ」

「どうして俺の好みを知ってんだ」

「国木田くんが言ってたのを小耳に挟んだのよ。中学時代がそうだったんだって？」

あの野郎、いい加減なことを言いふらしやがる。そいつは国木田の勘違いだ。聞き流しとけよな。

「でも、あなた。長門さんと付き合うんなら、まじめに考えないとダメよ。でないとわたしが許さないわ。ああ見えて長門さんは精神のモロい娘だから」

朝倉が長門を気にかけるのは何故だ。俺の居た世界の朝倉は長門のバックアップだったからまだ解る。まあ、最後にはトチ狂って消されてしまったが。

「同じマンションに住んでいるよしみ。なんとなく、放っておけない気分なのよね。彼女を眺めていると危うい気分になるの。つい守ってあげたくなるような、ね」

解るような、解らないような。

会話はそれだけで、朝倉は五階でエレベータを降りた。505号室だっけな。

「また明日ね」

俺に向けられた朝倉の笑顔を、閉じていく扉が閉め出した。

マンションから出ると、暗い外の空気は生鮮食品用貯蔵庫のように冷え切っていた。吹き下ろしの風が身体から熱と熱以外の何かを奪い去っていく。

管理人のじーさんに挨拶でもしようかと思ったが、やめた。管理人室のガラス戸は固く閉ざされていたし、電気も消えていた。寝ちまってるんだろう。

俺もさっさと眠りにつきたい。夢の中だけでもよかった。あいつなら他人の夢に出てくることだって無意識にやってのけるだろう。

「いてもいなくても迷惑なんだから、肝心なときくらい出しゃばってこいよな。たまには俺の願いを聞いてくれてもいいだろうが……」

夜空に語りかけている最中、自分が何を思っているかに気づいて愕然として、そんな忌々しいことを考えてしまった頭をどこかに打ち付けたくなった。

「なんてこった」

吐いたセリフが白い息となって散っていく。

俺はハルヒに会いたかった。

第三章

十二月二十日。

世界がおかしくなって三日目の朝、夢のない眠りから覚めた俺は、相変わらず胃の中に三十ミリ弾がダース単位で入っているような気分でベッドから身を起こした。掛け布団の上で寝ていたシャミセンがごろんと転がり落ち、でろんと床で長く伸びた。その腹を軽く踏みながら、俺は溜息をつく。

部屋の戸口から妹が顔を覗かせた。覚醒している俺を見て残念そうな表情を作り、

「ねえ、シャミ、喋った？」

一昨日の晩からこればっかり訊きやがる。俺の返答も代わり映えしない。

「いーや」

足の指にかぶりつく猫の柔毛の感触を味わっていると、自家製「ごはんの歌」を唄いながら妹がシャミセンを連れ去った。猫はいいよ、飯喰って寝て毛繕いするのが仕事だ。一日くらい立場を入れ替えて欲しいものだ。案外、俺が探しているアイテムを

簡単に探し当ててくれる可能性もある。

そうだ、鍵はまだ見つかっていない。鍵が何だかも解らない。プログラム起動条件。今日中に何とかしないと、きっと世界はこのままだろう。もっと悪くなる怖れだってある。期限か……。なぜそんなもんを設定した？　長門でも期間限定サービスが精一杯なことだったのか？

何も解らないまま、俺は学校に出かける。曇り空は今にも雪の粉をちらつかせそうな気配を人々の頭上に展開させていた。今年はホワイトクリスマスになるかもしれない。降ったら積もってしまいそうでもある。近年この辺りで積雪を観測したことはないが、今季のこの寒さでは充分あり得るな。そうなりゃきっとハルヒは犬よりも喜んで冬季的なイベントをおっぱじめるだろう。ハルヒがいたら。

途中で目を奪われるようなものを見ることもなく、いつものように俺は北高に向かい、坂を上がり、一年五組の教室にたどり着いた。気力のなさが体力にフィードバックしているせいで、のろのろ歩いていたから予鈴ぎりぎりの着席だ。昨日同様に休みがちな級友たちだが、感心することに谷口は一日休んだだけで済んだようだ。マスクはまだ取れていないが、ちゃんと今日も登校している。こいつがこんな学校好きだったとは初めて知ったよ。

そして今日も後ろの席では、朝倉が意味ありげに微笑んでいた。

「おはよう」

誰にでもそうするように、朝倉は軽やかに挨拶を口にする。俺は顔つきだけで返礼した。

チャイムが鳴り出すと同時に担任岡部は颯爽と登場、ホームルームが始まった。

なんだか曜日の感覚まで狂っているような気がする。今日の授業の時間割が俺の覚えている時間割のままなのかどうか、それすら曖昧になってきた。先週の今日と同じだと、今の俺にははっきり断言することも出来ない。昨日と今日の時間割が入れ替わっていたとしても気づけないように思う。やはりおかしいのは俺のほうなのか？　涼宮ハルヒなんてやつは最初からいない。朝倉はクラスの人気者。朝比奈さんは手の届かない上級生で、長門はたった一人の文芸部員。

そっちが正しく、SOS団なんてもんは今までの俺が夢見ていた妄想だったのか。

いかん、考えが後ろ向きになってきた。

一限目の体育、サッカーの紅白試合で自陣ゴールを守る気のてんでないディフェンダーを演じ、二限目の数学を適度に聞き流しているうちに休み時間となる。

机につっぷして額を冷やしていると、

「よ、キョン」

谷口だった。マスクを顎の下にずらして、いつものヘラヘラ笑いを浮かべている。

「次の化学だけどよ、今日は俺の列が当てられる番なんだ。ちょっと教えてくれ」

俺に教えを請おうとは身の程知らずな。互いの学力レベルなんぞ、とうに解りきった仲だろうが。お前に解らん箇所が俺に解ったためしなどない。

「おい、国木田」

俺はトイレから帰ってきたコンビの片割れを呼んでやった。

「水酸化ナトリウムについて知ってる限りの情報を谷口に伝えてやってくれ。特に塩酸と仲がいいかどうかを知りたいらしい」

「まあまあいいんじゃないかなあ。混ぜたら中和されるからね」

やって来た国木田は谷口の広げた教科書をのぞき込み、

「あ、この問題ね。簡単だよ、まずモルで計算してそれからグラムに当てはめて出すんだ。ええとね、」

解りきった奴が当たり前のように難問を解いていく姿には無力感しか覚えない。

谷口はひとしきりふんふんとうなずいていたが、国木田の計算がクライマックスに来たあたりで覚える気がなくなったようだ。俺の机からシャーペンを取り上げて教科書の余白に言われたとおりの数字と記号を書き込んでいる。

それが一段落ついてから、変な感じのする笑みを見せて、

「キョンよ、サッカーやってるときに国木田から聞いたんだが、お前、一昨日何やら騒いでたんだってな」

一昨日ならお前もいただろう。

「昼休みは保健室で寝てたさ。午後もダルくてボーっとしてたしよ。今日初めて聞いたぜ。朝倉がいるとかいないとか言って半狂乱だったんだって？」

「まあな」

俺は手をヒラつかせた。とっとと立ち去れという合図だったのだが、谷口はニヤケ面のままで、

「その場にいたかったぜ。お前が喚いたり暴れたりするとこなんぞ、そんなしょっちゅう見れるとは思えねえからな」

国木田も思い出し顔で、

「キョンももう気は確かになったみたいだね。朝倉さんにはつっけんどんだけどさ。彼女と何かあったのかな？」

説明しても頭が爽やかな人扱いされるだけだろう。だから言わない。筋道が通っているじゃないか。

「そういえば、誰かの代わりに朝倉さんがいるのがおかしいっていう話だったよね。

その人見つかった？　ハルヒさんだっけ。それ、結局誰だったんだい？」

　蒸し返さないでくれるか。今の俺はその名を聞くと条件反射でビクってしてしまうんだ。たとえオウムの鳴き声のように単なる反復だったとしてもだ。

「ハルヒ？」

　見ろ、谷口も首をひねっている。ひねりながら、こんなことを言った。

「そのハルヒってのは、ひょっとして涼宮ハルヒのことか？」

　そう、その涼宮ハルヒの……。

頸骨がギリギリと音を立てた。俺はゆっくりと同級生のアホ面を振り仰ぎ、

「おい谷口、お前は今、何と言った？」

「だから涼宮だろ。東中にいたイカレ女だ。中学ではずっと同じクラスでなあ。そういや今頃何してんだろうな。――で、なんでキョンがあいつのことを知ってんだ。朝倉の代わりってどういうことだ？」

目の前が一瞬真っ白になり――、

「てめえ、この！　タコ野郎！」

叫びながら俺は飛び上がった。その勢いに恐れ入ったか、谷口は国木田とテンポを

合わせるように一歩下がって、

「誰がタコだ。俺がタコだと言うんならお前なんかスルメがいいとこだ。それにウチは代々白髪の家系だぞ。将来のことを考えるならおめーのほうが危ねー」

うるせえ、余計なお世話だ。俺は谷口の胸ぐらをつかんで強引に引き寄せ、鼻先が付きそうになるまで顔を近づけた。

「お前、ハルヒを知ってるのか！」

「知ってるも何も、あと五十年は忘れられそうにねーな。東中出身であいつを知らない奴がいたら、そりゃ健忘症の心配をしたほうがいい」

「どこだ」

俺の声は唸り声さながらだ。

「あいつはどこにいる。ハルヒの居場所はどこだ。どこに行きやがった？」

「なんだよ、ドコドコと。おめーはタイコか。どっかで涼宮に一目惚れでもしたのか。やめとけ。これは親切心で言うんだぞ。あいつはルックスは上級だが性格が破滅している。たとえばだ、」

校庭に白線で意味不明な幾何学模様を描いたりな。よく解ってるさ。俺が知りたいのは過去のあいつの悪行じゃない。今、ハルヒがどこにいるかなのだ。

「光陽園学院」

と、谷口は言った。水素の原子番号を答えるように。

「下の駅前高校にいるはずだ。まあ、頭はよかったからな。バリバリの進学校にお行きなさった」

進学校？

「光陽園学院って、そんなレベル高かったか？　お嬢さん女子校だろ」

谷口は憐れみの視線で、

「キョン、お前の中学じゃ何を教えていたか知らんが、あっこは前から共学だ。そいで県内有数の進学率を誇る名門だぞ。そんなのが学区内にあっていい迷惑だぜ」

何かと比べられるしな、という谷口の愚痴を聞きながら、手を離した。

なぜこんなことに気づかなかったのか、我ながら切腹ものである。

ハルヒが北高にいなかったことで、てっきり世界のどこにもいないと信じかけるなんて、俺の想像力はたった今カマドウマ以下に決定された。来年の夏に田舎に帰ったら、ともに縁の下で語り合うのがお似合いだ。

「おい、どうした」谷口はシャツの前をはたきながら、「なあ国木田、やっぱまだこいつおかしいぞ。けっこうヤバイんじゃないか」

何とでも言ってくれ。この時ばかりはまったく気にならない。憎まれ口を叩く谷口より、深刻そうにうなずく国木田より、もっと腹立たしい奴がいる。

　なんて信じがたいハードラックだ。俺の席の近くに東中の奴がいたなら、一昨日の昼休みに谷口が教室にいさえすれば、俺はもっと簡単にハルヒの名を耳にできただろう。誰かが仕込みでもしているのか。出てこい、そいつ。一発殴らせろ。しかしそれもまた後回しでかまわない。聞くべきことは聞き終えたのだ。なら、次は行動するだけだ。

「どこ行くの？　キョン？　トイレかい」

　国木田の言葉に振り向きながら、それでいて小走りでドアを目指しながら、俺は答えた。

「早退する」

　一刻も早く。

「鞄も持たずに？」

　邪魔だ。

「国木田、岡部に訊かれたら俺はペストと赤痢と腸チフスを併発して死にそうだったと伝えておいてくれ。それから、谷口」

　口を開けて俺の行動を見送っていた愛すべきクラスメイトに、俺は心からの感謝を捧げた。

「ありがとよ」

「あ、ああ……？」

頭の横で指をクルクル回す谷口をそれ以上見ることなく、かくして俺は教室を飛び出し、一分後には学校を飛び出していた。


急な坂道をハイペースで駆け下り続けるのは難しい。十分ほどは急激にテンションが上がったことで脇目もふらずに走っていたが、心はともかく両足と両肺が酷使に抗議行動を始めやがった。考えてみれば三時間目が終わってからでも充分間に合ったな。この時期なら光陽園学院も半ドンになってるだろうが、終了のチャイムまでに到着すればいいのだ。北高からなら散歩気分で歩いたとしても一時間もかからない。

時間配分の失敗に気づいたのは日課となってる強制ハイキングコースを下り終え、私鉄沿線にある私立高校が見えてきた辺りである。校内がしんとしているのは授業中だからだろう。俺は腕時計を確認する。俺たちの高校とそう違っていないだろうから、たぶん今は三時間目だ。てことは門が開くには後一時間以上は楽にある。この寒空の下、手ぶらでボサッと待っていなければならない。

「それとも強引に乗り込んじまうか……」

ハルヒならそうするだろうし最後まで上手くやってしまうんだろうが、いかんせん俺にはその自信がなく、ぶらりと校門のほうへと歩き出して慌ててUターンした。閉ざされた門の前に厳めしい警備員が立っている。さすが私立、金のかかったことをしている。

フェンスをよじ登って侵入してもいいが、てっぺんまでかなりの距離だし有刺鉄線まで付いてたしで、これは大人しく待機していたほうが良さそうだ。無理に押し入ってとっつかまりでもしたら何もかも終わりとなる。ここまで来てゲームオーバーは勘弁して欲しい。ハルヒとは違い、俺は自重すべき時はそうするんだ。


そうして待つこと二時間近く。

聞き慣れないチャイムが聞こえ、しばらくして校門から溢れるように生徒たちが吐き出された。

なるほど、谷口の言ったとおりに共学になっている。女子の黒ブレザー姿はそのままだが、彼女たちに交じって男子の黒い詰め襟姿が共々に下校の道を急いでいた。女子がセーラーで男子がブレザーの北高とは逆だ。男女の比率はやや女子のほうが多い気がするが……。

「何と、まあ」

男子の中に何人か見た覚えのある奴らがいた。一年九組の生徒たちだ。消えたと思ったら、こっちの高校に来ていたか。たまたまかどうなのか同じ中学出身の奴はいない。顔を知っている奴らも俺には気づかず、ただ胡散臭そうな視線をチラリとよこしてすぐ逸らすのみだった。今の彼らには別の歴史が刻まれているのだろう。北高に通うより幸せな歴史なのかもしれねえな。坂道を上らなくてもいいからさ。

俺は待ち続けた。すんなり出会えるかどうか、確率は半々だ。万一あいつが何らかの部活に所属したり、または立ち上げたりして学内に残っているのなら、それまで俺はここで案山子になっていなければならない。頼む。とっとと帰宅の途についてくれ。そして俺の前に現れてくれ。

もし、この光陽園学院に別のSOS団が存在し、俺や他の連中たちの代わりに別の奴らがそこでよろしくやっているのだとしたら……。

そう思うと五臓六腑がデングリ返し的叛乱を起こしそうになる。俺や朝比奈さんや長門や古泉が用済みってことになってはいまいな。それだと俺は脇役にもなれず、完全なる部外者となってしまうじゃないか。それだけは勘弁して欲しい。誰に祈ればいいんだ。キリストか釈迦かマホメットかマニかゾロアスターかラヴクラフトか、何だっていい。この俺の不安感を取り除いてくれるなら、俺はどんな神話や伝承だって信じてしまえるだろう。街頭の怪しい宗教団体勧誘員にだってついていってしまえる。

溺れる者は藁だってつかみ、そして甲斐なく泥沼に沈む。その気分が今はよく解るぜ。苛立ちと焦りと後ろ向きな感覚に満ちた十数分が過ぎた。

「……ふーう」

俺の漏らした息の意味を、俺自身にもつかみ取れない。どうして俺はこんな盛大な溜息を明るくつくのだろうね。

いた。

校門から吐き出される黒ブレザーと詰め襟の群れの中に、寿命が来るまで忘れようのない女の顔が交じっていた。

髪が長い。入学式後の自己紹介であらぬことを口走り、クラス中の空気を固体化させたときと同じ、腰まで届くようなロングヘアだ。しばし見とれてから、俺は指折り数えて曜日を確認する。今日はストレートの日ではない。ここのこいつは髪型七変化をやっていないらしい。

光陽園学院の生徒たちが邪魔そうに左右を通り過ぎていく。立ちつくす他校の男子を彼ら彼女らはどう思っただろうか。どう思われようとかまわない。気にする余裕を俺は失っている。

俺は立ちつくしたまま、近づいてくるブレザー制服の女子生徒を見つめていた。

涼宮ハルヒ。

やっと──見つけた。

不覚にも微笑してしまう。発見したのはハルヒだけじゃなかった。ハルヒの横を歩きながら何やら話しかけている詰め襟の生徒、それは古泉一樹の見飽きた微笑みフェイスに相違ない。思わぬ付録まで付いてきやがった。

ここでのこいつらは二人仲良く下校するような間柄なのか。それにしてはハルヒは不機嫌そうな、俺の記憶にある高校入学初期の状態を維持している。たまに横を向いてポツリと返答して、またムスっとした顔でアスファルトの地面にややキツイ目を落としている。

以前のあいつだ。SOS団の発足を思い立つまで、学内のどこでもそうしていたような、強い敵が見あたらないことにイラだって力を持てあましている格闘家のような表情が俺にはひどく懐かしい。あの頃のハルヒもこうだった。ありふれた日常に退屈していたものの、求めるのに必死で自分で生み出そうとはまだ思いついていない時代のハルヒである。

いや、感慨にふけるのは後回しだ。二人の姿がだんだん近づいてくる。俺に気づいた様子はない。

情けないことに俺の鼓動は抑えようもなくアップテンポを刻んでいた。いま内科医にかかったら医者が耳から聴診器をむしり取るくらいのパンキッシュなツービートが聞こえるだろう。このくそ寒いのに汗まで滲んできやがった。膝が笑っているのは気のせいだと思いたい。ここまで臆病者ではないはずだ。

——来た。すぐ目の前にハルヒと古泉がいる。

「おい！」

何とか声を発する。

ハルヒの顔が上がり、目が合った。

黒ソックスに包まれた足が止まり、

「何よ」

冷蔵室に付着した霜のように冷たい視線だった。その視線が俺の全身をさっと一周し、ふいっと視線を逸らして、

「何の用？　ってゆうか誰よあんた。あたしは知らない男から、おい、なんて呼ばれる筋合いまるでなしよ。ナンパなら他を当たってくんない？　そんな気分じゃないの」

予想していたから衝撃はそれほどない。やはりここのハルヒは俺と出会ってはいないのだ。

古泉も立ち止まって俺に無感動な目を向けている。俺のことなど見たこともないし一度たりとも会ったことなどあるわけがない、と言いたげな顔だった。

その古泉に声を掛ける。

「お前とも、初めましてになるのか」

古泉はひょいと肩をすくめた。

「そのようですね。どちら様でしたでしょうか」

「ここでもお前は転校生なのか？」

「転校してきたのは春頃ですけど……なぜそれを？」

「『機関』という組織に思い当たることはないか」

「キカン……ですか？ どういう字をあてるのでしょう」

当たり障りのない無意味な笑みは見知ったこいつのものだ。だが俺を見る目には警戒心が表れている。こいつも朝比奈さんと同じだ。俺を知らない。

「ハルヒ」

ぴく、とハルヒは頰を動かし、あの大きな黒い瞳で睨んでくる。

「誰に断ってあたしを呼び捨てにするわけ？ なんなのよ、あんた。ストーカーを募集した覚えはないわ。そこどいてよ、邪魔なんだから」

「涼宮」

「名字だってお断り。だいたい何であたしの名前を知ってるのよ。東中出身？　北高よね、その制服。なんでこんなとこにいんの？」

ふん、とハルヒはそっぽを向き、

「かまわないわ、古泉くん。無視しましょ。こんな失礼な奴にかまうことない。どうせただのアホな奴よ。行きましょ」

なぜハルヒと古泉が並んで通学路を歩いているのか、こっちでは古泉が俺の役割を課せられているのか。そんなことが頭をかすめたが、取り急ぎ考えることはそれじゃない。

「待ってくれ」

俺を避けて歩き出そうとしたハルヒの肩をつかんだ。

「放しなさいよ！」

ハルヒは腕を振って俺の手を振り払う。本気の怒りがハルヒの顔に浮いている。だがこの程度でむざむざこいつを見過ごすことはできない。何のためにここまで来たのか解らないだろ。

「しつこいわよ！」

すっと沈み込んだ体勢から、ハルヒは感心するほど流麗なフォームでローキックを放った。俺の踝に激痛が走り抜け、いっそ悶絶したくなったが、のたうち回るのは当分保留だ。何とか立ち位置を確保しつつ、俺は心身共に悲痛な思いで言った。

「一つだけ教えてくれ」

我ながら勇気を振り絞らなくてはならなかった。これでダメならまったくどうしようもない。最後の希望——これから放つのは、そんな質問だ。

「三年前の七夕を覚えているか？」

立ち去りかけていたハルヒがピタリと止まる。長い黒髪の後ろ姿に、俺は言葉を重ねた。

「あの日、お前は中学校に忍び込んで校庭に白線で絵を描いたよな」

「それが？」

振り向いたハルヒは怒った顔つきをしている。

「そんなの、誰だって知ってるわ。だからどうだっていうのよ」

俺は言葉を選びながら、それでも早口で言うことにした。

「夜の学校に潜り込んだのはお前だけじゃなかったはずだ。朝比奈……女の子を背負った男が一緒にいて、お前はそいつと絵文字を描いた。それは彦星と織姫宛のメッセージだ。内容はたぶん『わたしはここにいる』——」

続く言葉を発することができなかった。

伸び上がったハルヒの右手が、俺のネクタイをひっつかんで思い切りしめ上げたからである。恐ろしい力で引き寄せられ、前のめりの体勢を強いられたあげく、額をハルヒの石頭に思い切りぶつけた。

「ってえな！」

クレームをつけようと睨みつけると、相手もこっちを睨んでいた。すぐ間近から鋭い眼光が俺の目へ脇目もふらずに飛んでいる。なんだか久しぶりに見るな。ハルヒの怒り顔っていうのもさ。

半ギレ女は戸惑ったような声で、

「どうして知ってんのよ。誰から聞いたの？　いいえ、あたし誰にも言ってない。あのときの……」

セリフを切り、ハルヒは表情を変化させて俺の制服を注視した。

「北高……まさか。……あんた、名前は？」

胸元をつかまれているから息苦しい。バカ力女め。だが今は、変わっていないハルヒパワーをしみじみ懐かしんでいる場合ではない。俺の名前。未だかつて一回もこいつから呼ばれたことのない本名を言うべきか、すっかり定着してしまった間抜けなニックネームで答えるべきか。

いや、いずれにせよ今のこいつには通じまい。どっちも聞いたことのない名称のはずだ。ならば、俺が名乗るべき固有名詞はこれしかない。

「ジョン・スミス」

なるべく冷静な口調を保ったつもりだが、なにしろ吊し上げをくっている最中だ。やや苦しげになってしまったのは容赦して欲しいね……と思っていたら、次の瞬間、胸ぐらを圧迫していた強固な力が消え失せた。

「……ジョン・スミス？」

ネクタイから手を離し、ハルヒは呆然とした顔で片手を空中で静止させていた。いま俺は滅多に拝むことのできないものを見ているぞ。涼宮ハルヒが死神に魂を抜かれたかのように、口をポカンと開けているのだ。

「あんたが？　あのジョンだって言うの？　東中で……あれを手伝ってくれた……変な高校生……」

不意にハルヒはよろめいた。漆黒の長髪を顔の前になびかせてグラリと傾きかけるところを、古泉が腕を伸ばして支えてやる。

繋がった。

手伝ったというかほとんど俺の仕事だったじゃねえか——と反論して時間を無駄(むだ)にするつもりはない。そうだ、俺はとうとう手がかりを見つけることができたのだ。おかしくなっちまった世界でたった一人、過去の記憶(きおく)を共有している人間を。

やっぱりお前か。

他(ほか)の誰(だれ)でもない、涼宮ハルヒ。

このハルヒが三年前の七夕に俺に出会っているというのなら、そこから三年後のこの世界はその時点から地続きのはずだ。何もかもが「なかったこと」になっているわけじゃあない。俺が朝比奈さんと三年ほど時間をさかのぼり、長門の力によってまた元の時間に復帰できた、その歴史は確かにあったのだ。どこから違(ちが)ってしまったのかはまだ解らないが、少なくとも三年前まではこの世界は俺の知っている世界としてあったのだ。

いったい何が生じて俺だけが正気で紛(まぎ)れ込んでしまったんだ？

だが、それを考えるのも後にしよう。

ハルヒの絶句という世にも珍(めずら)しいものを見ながら俺は言った。

「詳(くわ)しいわけを話したい。これから時間あるか？　ちょっとばかり長い話になりそうなんだ……」

三人で肩を並べて歩いている最中にハルヒが言った。

「ジョン・スミスには二回会ったわ。あの後すぐ、あたしが家に帰ろうと道歩いてたら、後ろから声かけてきたの。なんて言ってたかしら……あ、そう！　えーとね、『世界を大いに盛り上げるためのジョン・スミスをよろしく！』って叫んでた。どういう意味だったの？」

そんなことはしていない。グラウンドからハルヒが消えるのを確認した後、俺は朝比奈さんを起こすとそのまま一緒に長門のマンションへ急いでいたからだ。他にもいたのかジョン・スミス。しかしよりにもよって、なんてことを言いやがったんだ、そのジョン・スミスは。

まるでハルヒに余計な入れ知恵をするために叫んだようなものじゃないか。

「それは東中で会ったのと同じ奴だったか？」

「遠かったもん。暗いしさ。どっちも顔は覚えてないわ。でも声と雰囲気はそうね、あんたと似ているかも。北高の制服だったし」

何だかややこしいことになってきた。せっかく繋がったと思ったら、まだズレているのか。

とりあえず近くにあった喫茶店に入る。どうせならいつもSOS団が集合場所に使う駅前の御用達喫茶がふさわしく思ったが、ここからではちょっと遠い。

「俺の知っているお前は北高にいて、入学式の後にこんなことを言ったんだ……」

注文の品が届く前から俺は説明を開始、運ばれてきたホットオーレが一気のみできるくらいに冷め切る頃には、ほとんどを包み隠さずダイジェストで話していた。宇宙人に未来人、超能力者が揃うSOS団。文芸部の部室。

特に七夕の時間旅行は念入りに語った。そこが一番大事な部分だと思えたからだ。ぼかしたのはハルヒが神だか時空の歪みだか進化の可能性だかというところだ。どれが本当とも定かではないからな。単にハルヒに奇妙な潜在的パワー、世界を変えることができるかもしれない不確かな能力があるらしいと言うだけにとどめておく。

それでもこいつの気を引くには充分すぎたようで、しきりに考え込むそぶりを見せた後に言った。

「どうしてあたしが考えた宇宙人語が読めたの？　あたしならここにいるから早く現れなさいって書いたつもりなのは確かだけど」

「翻訳してくれた奴がいたんだよ」

「それが宇宙人？」

「宇宙人に造られた対人類コミュニケート用ヒューマノイドインターフェイス……だったかな」

俺は長門有希に関するおおよそのことを話してやる。文芸部室のオマケだと思ってたら意外な設定を秘めていた無表情の読書好き。それから朝比奈さんのことも教えてやる。等身大着せ替えマスコット兼宣伝係兼部室専用メイドにして実体は未来人。俺は彼女に付き合って三年前の七夕の夜に時間旅行した。帰りは長門の世話になった。

「その時のジョンが、あんたなわけか。うん、信じてみても悪くないわね。そうか、タイムトラベルかあ……」

ハルヒは未来人を見るような目でまじまじと俺を見つめ、小さくうなずいた。やけに理解が早いな。まさかこうも簡単に信じてくれるとは思っていなかった。だって以前、二人きりの市内不思議探訪をやった時には例の喫茶店でお前は俺の話をまるで信じなかったんだぜ。

「そのあたしは本当にバカね。あたしは信じるわよ」

ハルヒは身を乗り出して、

「だって、そっちのほうが断然面白いじゃないの！」

大輪の花を咲かすような笑顔に見覚えがある。俺が初めて見たハルヒの笑顔だ。英語の授業中にSOS団設立を思いついた時に浮かべていた、百ワットの笑みだった。

「それにさ、あたしあれから北高の生徒を全員調べたのよ。張り込みだってしたわ。でも、ジョンみたいな人はいなかった。もっと顔をよく見ておいたらよかったたって思った。そう、三年前にはあんたは北高にいなかったのね……」

当時の俺は二パターンいた。一人は中学生活を漫然と過ごしている俺。もう一人は長門の家の客間で朝比奈さんとともに時間を凍結されていた。

ついでにこいつのこともご注進しておこう。

「そこにいる古泉が超能力者だった。お前にはいろいろ世話になったし、世話もしたぜ」

「それが本当だとしたら、驚くべき話です」

優雅にカップを傾ける古泉は、半信半疑の目の色をしている。

俺はハルヒに向き直り、

「どうして北高に来なかった？」

「別に理由はないわ。七夕のことがあったからちょっぴり興味はあったけど、あたしが進学する頃にはジョンも卒業してるだろうし、だいいち捜してもどこにもいなかったしさ。それに光陽園のほうが大学進学率が高くてね、中学の担任がぜひこっちにしろってうるさかったのよ。面倒だからそうしてやったわ。高校なんかどこでもいいと思ってたもん」

古泉にも水を向けてやる。

「お前はどうしてだ。なぜそっちの学校を選んで転校したんだ」

「なぜと言われましても涼宮さんと同じです。自分の学力レベルに見合ったところに行ったまでですよ。さして北高が悪いとは言いませんが、光陽園学院のほうが校舎も設備も充実していたものですから」

北高にはエアコンもないからな。

ハルヒが溜息をついた。

「SOS団か……。楽しそうね、すっごく」

おかげさまで。

「あなたの言葉を信じるならば」

横から口出ししてきたのは古泉だ。如才ないスマイルを若干抑えたシタリ顔で、

「聞いた限りにおいて、あなたが陥った状況を説明するには二通りの解釈が挙げられます」

いかにも古泉が言いそうなことだった。

「一つはあなたがパラレルワールドに移動してしまった、というものです。元の世界からこの世界へ。二つ目の解釈は世界があなたを除いてまるごと変化してしまったということですね」

それは俺も考えたさ。

「しかし、どちらにも謎は残ります。前者の場合ですと、ではこの世界にいた別のあ

なたはどこに行ったのかが謎ですし、後者ではなぜあなただけが放置されたのかが解りません。あなたに不思議な力があるのならそれはそれで説明できますが」

ない。断言する。ない。

古泉は小憎らしいほどスタイリッシュなアクションで肩をすくめた。

「パラレルワールド移動ならば、あなたは元の世界に戻る方策を探す必要があります。世界改変の場合では世界を元に戻すための方法論が必要です。いずれにしても早期解決の道はそれをおこなったのは誰かを突き止めることですね。その行為者なら元に戻す方法も知っている可能性が大ですから」

ハルヒ以外に誰がいるんだ。

「さあ、異世界からの侵略者が地球を舞台に遊んでいるのかもしれませんね。案外そこらから突然、悪そうな敵キャラが出てくるのかもしれませんよ」

本気で言っていないのは一目瞭然だ。古泉はあからさまに投げやりな口調をしている。しかしハルヒは気づいていないのか、目を爛々と輝かせていた。

「その長門さんと朝比奈さんって人にも会ってみたいわ。そうね、その部室にも行ってみたい。世界を変えたのがあたしだったら、そしたら何か思い出すかもしれないでしょ。ね、ジョン、あんたもそのほうがいいわよね？」

まあ、そうだな。反対する理由はない。この現象がこいつの仕業だったなら――俺はそう思っていたが――それで何かを感じてくれるかもしれないし、長門と朝比奈さんも俺のことを思い出してくれるかもしれない。宇宙人と未来人の手先が正気を取り戻してくれたら、たぶんこの事態を打開する方法も見つかる。で、ジョンってのは俺のことか。

「キョンだっけ？　それよりマシじゃない。ジョンのほうがよっぽど人の名前をしてるわ。欧米ではありふれた名前よ。誰がつけたの？　キョンなんていうダサダサなニックネーム。あんた、よっぽどバカにされてるのね」

命名者は親戚のおばちゃんで広めたのは妹だが、それでもハルヒの罵倒が心地よく聞こえるのはなぜだろう。そんなに久しぶりというわけでもないのに。

「じゃ、行きましょ」

ほとんど口を付けていないダージリンティーを惜しみもせず、ハルヒは光陽園学院謹製の鞄を手にした。

一応、尋ねてみた。

「これから？　どこに」

すっくとハルヒは立ち上がり、傲然と俺を見下ろしながら叫んだ。

「北高に決まってるでしょ！」

宣言するが早いかハルヒは喫茶店を競歩しながらスキップするみたいな足取りで出

て行った。自動ドアが開くのも待ちきれないといった勢いだった。

実にあいつらしい振る舞いで、俺はそこはかとなく安心する。

さすがだな、ハルヒ。お前はいつもそうだったよ。思いついたらその二秒後には行動しているんだ。それでこそお前だ。部室の扉を蹴飛ばすように開けて登場するたび、お前は突然の決定を俺たちに知らせるんだ。驚かないのは長門くらいで……

「しまった」

腕時計に目を落とす。とっくに放課後になっている時刻である。昨日長門のマンションでした約束を忘れていた。明日も部室に行くと言ったのに、これでは遅刻だ。ドアのノックを一人で待つ長門のしょんぼりした姿が容易に想像できる。ちょっと待っててくれ。すぐにとんぼ返りするからさ。

残された伝票を古泉がすくい上げ、

「僕が奢るのは涼宮さんの分だけですよ？」

俺のも奢ってくれたらお前に教えてやってもいいのだが。

「ほう。何でしょう」

かつてこいつから聞いた話をそのまま返してやった。手短に。人間原理がどうしたとかいうハルヒ神様説。いかにしてこいつがハルヒの先回りにやっきになっていたかを。孤島での自作自演等々。

考え込む古泉に、俺は改めて問うた。

「やったのはハルヒか、他にこの状況を生み出した奴がいるのか。どっちが正解だと思う?」

「あるいは、あなたの言う涼宮さんが本当に神様みたいな力を持っているのであれば、その彼女がしたのかもしれません」

他に該当者を思いつかないからな。しかし、そうだとしたらハルヒは古泉だけを側に呼んで俺と長門と朝比奈さんをほったらかしたことになる。自分で言うのも何だが、ハルヒが俺たち以上に古泉に執着を持っていたとは思えない。これもハルヒの無意識がなせるワザなのか。

「選ばれて光栄、と言うべきでしょうね」

古泉はくっくと笑って、

「なぜなら僕は……そうですね。僕は涼宮さんが好きなんですよ」

「……正気か」

冗談だろう?

「魅力的な人だと思いますが」

どこかで聞いたようなセリフだ。古泉は真面目な口調で、

「でもね、涼宮さんは僕の属性にしか興味がないのです。転校生だという、ただそれ

だけの理由で喋（しゃべ）るようになったのですよ。なんせ普通（ふつう）の転校生なもので、最近飽（あ）きられつつあるようですが。ＳＯＳ団でしたか、そこでのあなたにはどんな属性が有ったんですか？　ないのだとしたら、それは涼宮さんが本当にあなたを気に入ったということですよ。そこでの涼宮さんが僕の知る涼宮さんと同じ人格だったとしての仮定ですけどね」

今も昔も、俺には履歴書（りれきしょ）に書いたら病院行きを宣告されるような肩書（かたが）きはないのさ。知らず知らずおかしなことに巻き込まれるという使えない特技を除いては、な。

ハルヒがドアから顔を出して実にいい笑顔（えがお）で怒鳴（どな）った。

「何してんの、早く来なさい！」

古泉が三人前の飲料費を精算するのを待って、俺は暖房（だんぼう）の心地よい喫茶店から息の白くなる外界へと軽やかな第一歩を踏（ふ）み出した。

店の前にタクシーが止まっている。ハルヒが呼び止めたらしい。どうやっても素早（すばや）く北高に行きたくてたまらないようだ。ちなみに俺がたびたび古泉と乗ったどこかで見たような黒塗（くろぬ）りタクシーではない。普通のイエローキャブである。

「北高まで、全速力で！」

乗り込みながらハルヒが運転手に命じた。次に俺、最後に古泉が後部座席に収まる。小娘（こむすめ）の命令口調に初老運転手は気を悪くする気配も見せず、苦笑（くしょう）する様子で緩（ゆる）やかにアクセルを踏み込んだ。

「北高に乗り込むのはいいけどさ」と俺はハルヒの横顔に言った。「その格好じゃ、さすがに目立つぜ。他校の生徒が入り込むには多少の理由が必要だ。教師連中に見つかったら、少しは面倒なことになる」

ハルヒは黒ブレザーの上下で、古泉は学ランだ。短縮授業で午後にそれほど生徒が残っているわけではないとは言え、セーラー服と紺ブレの中にこいつらが飛び込んでいくのはいかにも部外者ですと大っぴらに宣言しているようなものだ。

「それもそうね……」

ハルヒは三秒ほど考えて、

「ジョン、あんた今日体育の授業あった？　いいえ、なくてもかまわないわ。体操着を教室に置いてたりしてない？」

ちょうどいい具合に、今日は一限がサッカーだった。

「じゃ、体操着とジャージはあるのね？」

あるが、それがどうした。

ハルヒはニンマリと笑い、

「作戦を伝えるわ。ジョン、古泉くん、ちょっと顔を貸しなさい」

タクシーの運転手に聞かれても困ることはないだろうに、俺たちに顔を寄せさせてハルヒは作戦とやらを囁いた。

「お前らしいよ」

と俺は応えて、眉を寄せる古泉の複雑な表情を見遣った。


北高近くで車を降りた俺は、まず自分の教室にとって返した。ハルヒが考案した北高侵入作戦の準備のためだ。

ちなみにタクシー代は古泉に任せきりである。ここでのあいつはハルヒの財布代わり的ポジションに甘んじているようで、罰ゲームでもないのにご苦労なことだと思うね。本気でハルヒに恋愛感情を抱いているのか？　いったいどこに惚れたのか聞いておきたいが、そういやハルヒは異常な行動にもかかわらず中学時代にやたらモテたと谷口が言ってたな。まあ北高でもＳＯＳ団なんて立ち上げなければ、あの女は誰彼かまわず告白の列をバッサバッサと切り捨てていた可能性もある。ならばＳＯＳ団はハルヒにとって格好の風よけの役割を果たしていたとも言える。あんな謎クラブの首領として君臨してれば、たいていの常識的な男は暴投を見逃すバッターのように回避行動に移るさ。バットを振って三振や頭部直撃のデッドボールより、四回見逃して一塁ベースに歩くほうがまだいいもんな。

そんなことを考えながら最上階を目指す。

校舎の中に人影は少ないが皆無というわけでもなく、帰宅してもすることのない奴らが部活のために残っている姿が散見された。さいわいにして、一年五組の教室には誰もいなかった。そういや俺だって担任岡部に見つかってはマズいのだ。無断早退したやつがノソノソと戻ってきたのを発見すれば、俺でも理由が知りたくなる。

誰がやってくれたのか、俺の机の上は綺麗に片づいている。朝倉かもしれない。出しっぱなしだった筆記用具やノートがどこかと見ると、きちんと仕舞われており、鞄だけが机の横に引っかかっていた。目当てのブツはその鞄の反対側にぶら下がっている。

「色んなことを考える奴だ」

俺はハルヒへの感嘆を呟きながら体操着入れを持ち上げた。このデカめの巾着袋の中には今日の一限でも使用した半袖のトレシャツと短パン、ジャージの上下が入っている。タクシーで来る途中に聞いたハルヒ案による侵入作戦、それは「北高生に変装すればいいのよ」という至極もっともなものであった。「古泉くんがあんたの体操着着て、あたしがジャージを穿くのね。それで走りながら堂々と入っていったら、ロードワークから帰ってきた運動部員だと誰だって思うわ。うん、ばっちし」

昆虫が擬態するように自分たちもそうしようというわけだ。それでも帰宅途中の北高生を男女一人ずつ襲って制服を剝ぎ取るよりは随分とマシである。

「それでもよかったわね」

校門を出てしばらく行った曲がり角で、俺を待っていたハルヒはケロリとコメントした。体操着袋を受け取りながら、

「むしろそっちのほうが見とがめられにくいわ。あんたも、そんなナイスな考えを思いついたんならさっさと言いなさいよ」

そんな追い剝ぎじみたことができるか。

ハルヒは袋の紐を緩めると、遠慮が微塵もない動作で逆さにした。四枚の衣類がアスファルトにボトリと落ちる。

「ちゃんと洗濯してるでしょうね」

一週間くらい前にな。

「ところで涼宮さん」

古泉は所々に泥が染みついている俺の体操着上下に、追いつめられた砂ネズミがモンゴル虎を見るような目を向けていたが、

「どこで着替えましょうね。近くに遮蔽された空間があればいいのですが」

「ここでいいじゃん」

ハルヒはあっさりと答え、自らジャージの下を取り上げた。

「人通りもないし、寒いのはちょっとだけよ。ああ、安心して。あたしなら後ろを向いてるから。ジョンもそうしなさい。壁(かべ)役になるの」

俺に流し目を送っているのは何のつもりだ。

「あたしは見られてても全然かまわないしね」

ニカリと笑いながらジャージのズボンに足を突(つ)っ込み、そのままスカートの下に穿(は)いてしまうと、

「そんなに足が長いとも思えないけど」

しゃがみ込んで両足の丈(たけ)を折り返して長さを調節、再び立ち上がってスカートのホックを外した。ためらいもなく腰(こし)からスカートをストンと落とし、黒ジャケットも脱(ぬ)ぎ捨て、ついにブラウスのボタンに手をかけたあたりで俺は横を向いた。

「別にいいわよ。下にTシャツ着てるもの」

ジャケットとスカートの上にハラリと落ちるブラウスを、視線の端(はし)に引っかけながら目を戻す。白い半袖無地Tシャツと俺のジャージパンツを身にまとったハルヒが得意げに胸を反らし、長い髪(かみ)を風にたなびかせていた。それを眺(なが)めているうちに、なんとなくもう一度見てみたいと思っていた絵姿を思い出した。

「なあ、ポニーテールにしてみないか？」

ハルヒはきょとんと俺を見つめ、

「なんで？」

別に意味なんかないさ。ただの俺の趣味だ。

ふん、と鼻を鳴らしつつハルヒは満更でもなさそうに、

「簡単そうに見えるかもしれないけど、ちゃんとするの、けっこう面倒なのよ」

言いながらも、ハルヒは地に落ちた黒ジャケットのポケットから髪留めゴムを取り出して、長い黒髪を器用に後頭部でまとめあげた。

「まあね、このほうが運動部らしいかもね。これでいい？」

ばっちりだ。俺の目には魅力度三十六パーセント増になったように見えるぜ。

「バカ」

他にどういう反応をしていいのか解らなくなったとき、こいつはとりあえず怒った顔を形作るのである。とっくに学習済みだ。

遅れることしばし、古泉の着替えも完了した。この寒空の下で半袖短パンはさぞ涼しかろう。しかもそれが他人の体操服ともなれば格別の気分に違いない。古泉は肌を粟立てながら、

「涼宮さん、そのジャージの上着は羽織らないいんですか？　でしたら僕に貸して欲しいのですが」

同じように二の腕を剝き出しにしているのに、ハルヒは寒気を吹き飛ばすような笑

顔で、

「これはダメ。鞄を隠すのに使うから。せっかく格好を似せたのに持ってる鞄で正体が割れちゃ片落ちと言うものだわ」

確かに光陽園学院の通学鞄は北高のものとは微妙に異なる外観をしている。ハルヒはジャージの上衣を風呂敷みたいに広げると自分と古泉の鞄を包み込み、俺に持つよう命じた。脱いだ二人分の制服は体操着入れへと直行する。これも俺が持たされた。

「じゃあ、これから」

ハルヒは脇を締めて両手を腰にあてがった。

「いかにもマラソンから帰ってきた感じで走るわよ。いいわね！」

そりゃいいけどさ。俺はどうなんだ。こんな荷物を抱えて、しかも制服姿でロードワークに出ている運動部員ってのは何者だよ。

「マネージャーってことにしときゃいいでしょ。それ、ファイト！　いちにっ、ファイト！　いちにっ」

走り出したポニーテールを、一瞬顔を見合わせてから同時に肩をすくめた俺と古泉が追いかける。

俺もこの古泉もよく知っている。あらゆる意味で走り出したハルヒを止めることなど、あらゆる状況で無理なのだ。なら、後を追うしか選択肢は他にない。

な、いつもそうだったろ？
いいのか悪いのか、北高の校門は山の下の私立と違ってほとんど常時開放状態である。警備員などどこを探してもいない。何の問題もなく素通りし、ハルヒの掛け声を聞きながらの短い偽装マラソンはすぐ終了、ゴール地点の玄関に無事たどり着いた。ハルヒと古泉を我が校舎へと招き入れるのにこんな手間がかかるとは、三日前までお前らは普通の顔してここに通っていたんだぞ。

「しょぼい校舎ねえ。この壁なんてプレハブじゃないの？　県立ってこんな貧乏なわけ？　受験しなくて正解だったかも」

　もっともな感想を聞きながら俺は立ち並ぶ下駄箱から目を離した。上履きに履き替え終え、さて二人の分をどうするかと来客用スリッパが落ちてないか探していたのだが、ハルヒはお構いなしだった。手近な下駄箱を開けて誰とも知らない北高生の上履きを引きずり出している。

　何もかもがハルヒのやりそうなことで、俺は自分でも知らないうちに変な笑みを浮かべていたようだ。

「なに笑ってんの？　すごいバカみたいな顔に見えるわよ。あたしは笑われるようなことをやってないんだからね」

言われて口元を改める。確かにそうだ。ハルヒの暴挙はともかくとして、笑っている場合では全然ない。

たぶん似たようなサイズだろうと思い、古泉には谷口の靴を放ってやった。

「恐れ入ります」

ちっとも恐れ入っていない口調で礼を言いながら古泉は靴を履き替えた。元々履いていたスニーカーは谷口の下駄箱へ押し込んでやる。

俺はジャージにくるまれた二人の鞄を小脇に抱え直し、

「案内する。ついてきてくれ」

「ちょい待ち」

歩き出そうとするとハルヒから制止を受けた。無意識にか、ポニーテールの先を指に絡めている。

「長門さんっていう宇宙人は文芸部にいるのね？」

今では元宇宙人の一女子高生みたいなものだが、それでもあいつは俺が行くまで一人で待っていると思う。

「その長門さんは逃げそうにないわね。先に朝比奈さんっていう未来人を捕まえに行きましょう。彼女はどこ？」

もう帰っちまってるんじゃあ……、と思ったところで閃いた。俺のインスピレーションもまだまだ捨てたものではない。記憶に探りを入れるまでもなかった。俺を知らないと言い切ってくれた朝比奈さんは習字セットを持っていたよな。でもってSOS団に拉致される前の彼女は書道部に在籍していた。なら、ここでは今でもそうかもしれない。

「わかった。こっちだ」

長門すまん。もうちょっとだけ待っててくれ。書道教室を経由して行くからさ。書道部が本日開催していることを祈願しつつ、俺の足は自然と速まった。

その部屋のドアを開いたのはハルヒである。ノックなどという奥ゆかしさとは無縁の奴であり、俺にもその無礼を回避すべく働きかけるような気を回す余裕がなく、古泉は居心地悪そうに廊下に立ちつくしていた。

書道教室には三人の女子生徒がいて、書き初めのリハーサルに励んでいるようだった。

「朝比奈さんってのはどれ？」

「……はい？」

こっちを見て目を見開いている三人の中で、ひときわ小さな人影が頼りなさそうな声を唇から漏らした。

「なんでしょう……」

椅子にちょこんと座っている朝比奈さんは、手にした筆を空中で止めている。

俺はハルヒの肩越しに室内をさっと確認した。ホッとすることに鶴屋さんはいない。彼女は書道部ではなかったのだっけ。

耳元でハルヒが囁いた。

「あの娘がそうなの？　ほんとに二年生？　中学生に見えるけど」

「俺にも中学生に見えるが、彼女で合ってる。間違いなく朝比奈みくるさんだ」

聞くなりハルヒはずかずか踏み込んで、毛筆を構えた姿勢で固まっている小柄な天使にデタラメを放った。

「生徒会情報室室長の涼宮です。朝比奈みくるさん、あなたに訊きたいことがあるので来ました。ちょっと出頭してちょうだい」

Tシャツとジャージ姿でよく言うよ。

朝比奈さんは目をぱちくりさせて不安そうな声、

「生徒会……じょうほうしつ？　何ですかそれ……わたし何も」

「いいからいいから」

筆を奪って書きかけの半紙の上に転がすと、ハルヒは朝比奈さんの腕を握って強引に立ち上がらせた。他の女子部員さんたちは恐れをなしたか、まだ驚きの最中なのか何も言ってこない。鶴屋さんがここにいたらハルヒとの異種格闘技戦を観ることができたかもしれないが、ともかくハルヒは朝比奈さんの腰に手を回してガッチリ固定し、有無を言わせず連行してきた。

「あなた……。めちゃ胸デカいわねえ。うん、いいキャラしてる。気に入ったわ」

ハルヒは嬉しそうに、捕まえた他校の上級生の胸をまさぐっていた。

「ひぃや！　わわ、あのその……あっ⁉」

入り口で待機していた俺を見た朝比奈さんがさらに目を大きくする。いつぞやの変態がまた現れたとか思われてんのかな。朝比奈さんは廊下で寒そうに足踏みする古泉にも驚きの視線を投げかけ、古泉は他人を見るそのままの目で朝比奈さんを一瞥して、

「一応、怪しいものではないつもりです。僕はね」

そんな格好でここまで来といて部外者面しても通用せんぞ、古泉。

ハルヒはわたわたする朝比奈さんを、出かけ先が歯医者だと悟った子供の逃走を防ぐ母親のように抱えて、

「さあ、ジョン。残るは長門さんとやらよ。その彼女のところまで案内なさい」

言われるまでもない。

目ざとい同級生や俺の無断エスケープを知る教師どもに発見されないうちに、俺たちはそこに行かねばならない。

通称旧館、部室棟三階にあるSOS団本拠地、正式には文芸部の部室へと。

今度の扉はノックしてから俺が開いた。

「よう、長門」

テーブルにハードカバーの図書館本を立てかけて読んでいた眼鏡の顔がすっと上がった。

「あ……」

長門は俺を見て安堵したように息を吐き、

「え」

続いて現れたハルヒに目を丸くし、

「……え」

そのハルヒに抱え込まれている朝比奈さんの姿に口を開け、

「…………」

末尾をつとめた古泉の登場に至って絶句した。

「こんにちは」

と笑顔を振りまきながら、ハルヒは全員が部屋に入ったのを見届けてドアに鍵をかけた。がちゃり、という効果音に長門と朝比奈さんが同じ反応、ビクリと身体を強ばらせた。

「なんなんですかー？」

いつかのように朝比奈さんは半泣きだった。

「ここどこですか、何でわたし連れてこられたんですか？　何で、かか鍵を閉めるんですか？　いったい何を、」

このまったく同じ反応に俺まで泣きそうになる。懐かしいぜ。

「黙りなさい」

いつかと同様、ハルヒはぴしゃりと一刀両断し、ぐるりと室内を見回して、

「そっちの眼鏡っ娘が長門さん？　よろしく！　あたし涼宮ハルヒ！　こっちの体操服が古泉くんで、この胸だけデカい小さい娘が朝比奈さん。で、そいつは知ってるわよね？　ジョン・スミスよ」

「ジョン・スミス……？」

怪訝な面持ちで眼鏡のフレームを押さえ、長門は不思議そうにこっちを見た。俺は肩をすくめて間抜けなニックネームを受け入れた。キョンでもジョンでも似たようなもんだ。

「ふーん、ここがそうなの。ＳＯＳ団か。何にもないけどいい部屋だわ。いろいろ持

ち込み甲斐がありそう」

ハルヒは新居に連れてこられたばかりの猫のように部室を隅々まで歩き回り、窓の外を覗いたり本棚の中身に興味深げな視線を送っていたが、俺に向かって言ったのが、

「でさ、これからどうする？」

お前、何も考えずにここまで来たのか。本当にハルヒそのまんまなんだな。

「この部屋を拠点にするのはあたしとしても賛成だけど、交通が不便だわ。学校が終わってからここに来るには時間がかかるしさ。あたしの学校と北高って全然交流ないしね。そうだ、時間を決めて駅前の喫茶店に集合ってことでどう？」

いきなり言い出したところで、こいつと俺以外の全員には意味不明だろう。

長門は戸惑い顔の置き人形化しているし、朝比奈さんはオドオドと挙動不審、古泉はだんまりを決め込んでいる。

とりあえず何か言おうと口を開きかけたとき——。

ピポ

突然、手も触れていないパソコンが電子音を発した。長門が反射的な仕草で顔を横向ける。

「ひえっ？」

朝比奈さんがへっぴり腰になるのだけは辛うじて認識できた。俺が持つそれ以外の状況識別能力のすべてがパソコンへと収束していく。

古めかしいCRTディスプレイがぱちぱちと音を立てながら、うっすら明るくなっていくのが解った。長門の眼鏡にその模様が反射している。

それに呼応してハードディスクが回転するシーク音が——続かなかった。前にもこんな事があったな……。いや、あの時は自分でスイッチを入れたのだったか……。OSを立ち上げず、別のものを表示したパソコンの画面を俺は見たことがある……。

「どいてくれ」

身体が勝手に動く。俺はハルヒを押しのけて全速力でディスプレイの正面に回った。

ダークグレイのモニタ上に、音もなく文字が流れ始める。

YUKI.N〉これをあなたが読んでいる時、わたしはわたしではないだろう。

……そうだよ。その通りだよ。長門……。

「何？　スイッチも押してないのに、びっくりするじゃないの」

「タイマーがセットされていたのでしょうか。それにしても、えらく古いパソコンですね。アンティークものですよ」

背後でハルヒと古泉が会話しているが俺は聞いていなかった。一字一句見落とすことはできない。瞬きも惜しい。心臓がタップを踊り出す音を耳元で聞きながら、俺は画面を見つめていた。

YUKI.N〉このメッセージが表示されたということは、そこにはあなた、わたし、涼宮ハルヒ、朝比奈みくる、古泉一樹が存在しているはずである。

まるで俺の読む速度に合わせたようにカーソルは無骨なフォントを紡ぐ。

YUKI.N〉それが鍵。あなたは解答を見つけ出した。

俺の出した解答じゃないんだ。古泉を伴ってハルヒが勝手に押しかけてきたんだよ。こっちのハルヒもなかなか役に立つじゃないか……。それにしても長門、数日ぶりだな。

ディスプレイの文字を懐かしい思いで読む俺である。声には出さず、だが胸の内で長門の平坦声で音読する。スクロールは続く。

YUKI.N〉これは緊急脱出プログラムである。起動させる場合はエンターキーを、そうでない場合はそれ以外のキーを選択せよ。起動させた場合、あなたは時空修正の機会を得る。ただし成功は保証できない。また帰還の保証もできない。

緊急脱出——プログラム。これが。このパソコンが。

YUKI.N〉このプログラムが起動するのは一度きりである。実行ののち、消去される。非実行が選択された場合は起動せずに消去される。Ready?

それで終わりだった。末尾でカーソルが点滅している。

エンターキーか、それ以外か。

気が付けばハルヒが後ろから覗き込んでいた。

「どういう意味？　なんの仕掛けなの？　ジョン、あんたやっぱりあたしをからかっているだけなの？　説明してよ」

ハルヒも古泉も朝比奈さんのことも俺は無視した。ポニーテールなハルヒも俺の体操服を着ている古泉もやっぱり可愛い朝比奈さんもこの時ばかりは眼中にない。俺の注意はパソコンと、この部屋にいるただ一人に向いていた。驚きの表情で画面を見つめている眼鏡少女に対してだけ言う。

「長門、これに心当たりはないか？」

「……ない」

「本当にないのか？」

「どうして？」

自分の意思表示を押し殺しているような返答に、これはお前が打った文章だからだ……と言いたかったが、この長門は面食らうだけだろう。

俺はもう一度最後の部分を見直した。

長門が残してくれたメッセージ。俺の知っている長門の、だ。緊急脱出プログラムとやらが具体的にどういうものかは解らない。保証できないってところにも一抹の不安が発生する。

だが、今更くどくど悩んだりはしなかった。俺はあの長門に全幅の信頼を寄せていたし、今も寄せている。あいつのやることに間違いがあるとは思えない。何度も危機を救ってくれたのは大人しくて寡黙な宇宙人製の有機アンドロイド、長門有希に他ならない。あいつの言葉を疑うくらいなら俺は自分の頭を疑うさ。

「ねえ、ジョン。どうしたの？　また変な顔してるわよ」

ハルヒの声すら遠くに聞こえる。

「ちょっと黙っててくれ。今、考えをまとめてるんだ」

ここは考えどこだ。違う高校に行ってたハルヒと古泉、未来人じゃない朝比奈さん、何も知らない長門について考えて、俺が考えるべきはそんなことではないことを再確認する。

パソコンに表示された長門の自己表現。そのメッセージを疑うかどうかでもないんだ。

俺は背筋を伸ばして深呼吸する。

そう――。

それより何より確かなのは、俺がこの世界から脱出したいってことだ。すでに馴染みとなって俺の日常に組み込まれたＳＯＳ団とそこの仲間たちと再会したいのだ。ここにいるハルヒや朝比奈さんや古泉や長門は、だから俺の馴染みではないんだ。ここには『機関』も情報統合思念体もなく大人版朝比奈さんが来ることもないのだろう。

それは間違っている。

決心までに、たいした時間はかからなかった。

俺はポケットからくしゃくしゃの紙片を取り出し、

「すまない、長門。これは返すよ」

差し出した白紙の入部届けに、長門の白い指が緩慢に伸びた。一回失敗して、二度目にやっとつまむことに成功する。俺が手を離すと、入部届け用紙は風もないのに震えていた。

「そう……」

声まで震わせて、長門は睫毛で目の表情を隠す。

「だがな」俺は大急ぎで言った。「実を言うと俺は最初からこの部屋の住人だったんだ。わざわざ文芸部に入部するまでもないんだ。なぜなら――、」

ハルヒと古泉と朝比奈さんは「何言ってんだこいつ」みたいな顔で俺を見ている。長門の顔は髪に隠れてよく見えない。かまわない。安心しろ長門。これから何が起ころうと俺は必ず部室に戻ってくる。

「なぜなら俺は、ＳＯＳ団の団員その一だからだ」

Ｒｅａｄｙ？

Ｏ．Ｋ．さ、もちろん。

俺は指を伸ばし、エンターキーを押し込んだ。

その直後――。

「うわっ？」

強烈な立ちくらみに襲われ、俺は思わずテーブルに手をつこうとして、そしてぐるりと視界が回る。耳鳴り。誰かの声が遠くから聞こえる。目の前が暗くなる。上下の感覚も失せた。浮遊する感覚。急流に落ちた木の葉のように。くるくる回っている。俺を呼ぶ声がどんどん離れていく。何と言っている？ ジョンかキョンか。それも解らない。ハルヒの声のような気がしたが違うような気もする。暗い。墜ちているのか？ どこへ。どこに墜ちようと言うんだ。

混乱する思考。俺の目は開いているのか？ 何も見えない。もう何も聞こえない。ただ流されている気配だけがする。俺の身体はどこだ。ハルヒは。ねじ曲がっている。古泉。朝比奈さん。ここは？ 俺はどこに行こうとしている？ 緊急脱出プログラム。脱出する先に何が待っているんだ。

長門――。

「うわっ!?」

再び声を上げながら俺は砕けそうになった膝をなんとか支えてやった。それから自分が立っていることに気づいた。

「何だ……？」

周囲は暗い。だが真の闇ではない。大丈夫だ、俺の目はまだ見えている。

「ここは……」

窓から差し込む僅かな明かりを頼りに、俺は自分の居場所を確かめる。ここは何かの部屋で、俺が手をついているのはテーブルの表面で、そのテーブルには旧式なパソコンが載っている……。

「文芸部室だ」

さっきまでの。

だが長門はいない。ハルヒも朝比奈さんも古泉も消えている。俺一人。それに真っ暗だった。夕方になりかけの日差しが部屋を照らしていたのに、いきなり夜になっていた。窓から見上げた空には、まばらと言うにも少なすぎる星が申しわけ程度に瞬いている。時間がすっ飛んでしまったようだ。

室内の様子はつい先ほどまでと変わっていない。本棚とテーブルがあって旧式パソコンが一台。それだけで悟った。俺は元の世界に戻ってきたのではない。ここにはSOS団の備品がまったくなかった。団長机も朝比奈さんのコスプレ衣装もなく、がらんとした文芸部室のままである……の、だが……。

額から汗が流れて目にしみた。俺はブレザーの袖で汗をぬぐう。

何かおかしい。

この違和感は何だ。ここがどこだかは解る。文芸部の部室で間違いない。おめーはタイコか。谷口のセリフが不意に去来した。どこ。問題はそれじゃない。そうだ。どこか、ではないんだ。

「ここは……」

唐突に俺は違和感の正体を突き止めた。気づくと同時に体感温度が一気に上昇したように感じたが、そうではない。最初から気温はこうだったんだ。俺の体温変化による体感温度の錯覚ではない。

我慢できず俺はブレザーを脱いだ。全身の毛穴が開いて次々と汗を噴き出しつつある。上着を脱ぎ、ワイシャツの袖をまくっても部屋に籠もった熱気は収まらない。

「暑い」

と、俺は呟いた。

「まるで――」

まるで真夏の気温だった。

つまり、現在の俺が思うべき疑問は一つだけだ。

今は、いつだ。

第四章

やってみりゃ解るが、夜の校舎での一人歩きは気味が悪い。

ブレザーを肩に引っかけて俺はそろりと部室を抜け出した。なるたけ音を立てないように階段を下り、廊下の曲がり角に出くわすたびに忍者のように張り付き様子をうかがうのは、精神的にもくたびれる仕事だった。ここがいつどこの北高かはまだ解らないが、宿直の教師に見つかれば困難なことになるだろう。こちとら何とも説明できかねる。説明して欲しいのは俺なんだからな。

もわっとした湿気と大気の中を汗まみれになって移動し、ようやく玄関までやって来れた。

「さて、何が出てくるか……」

そう言って開けた俺の下駄箱には、誰かの上履きが入っていた。俺のではないことだけは確かである。近くの奴が間違って履いてったという可能性も即座に却下でいい。ここの季節は真夏。俺はまた違う時空に飛ばされている。それくらいの連想能力は俺にもある。この下駄箱の主が俺ではなく別人である世界、または時代だ。我ながらあまり驚かないのは異常に慣れきってしまったからか、それとも驚く余裕すら失われているのか。

「しょうがないな」

上履きのまま外に出るのは不格好だが贅沢言ってる余地はない。まずは校舎から脱出することだ。夜の玄関口にはさすがに厳重な施錠がしてあった。俺は近くの窓に忍び足で向かい、内側の鍵を解錠して注意深く開いた。草の匂いがする夜風を肺に吸い込みながら窓枠に足をかけてジャンプ、石畳に着地する。以前の閉鎖空間で俺がハルヒに起こされたあたりだ。

十秒ほどじっとして、誰にも見られていないのを確信してから俺は動き始めた。

外に出ても暑さはほとんど変わりがない。じめっと蒸した日本特有の夏の気温だ。それまで厳寒の冬の季節にいたものだから、余計に汗腺が開いている。俺はだらだらと流れる顔の汗を冬用ブレザーで拭きながら校門を目指した。

乗り越えるのは簡単で、てんで杜撰なセキュリティに感謝しながら鉄柵をよじ登るだけで済む。学校の敷地から外に出ると、俺は先に投げておいたブレザーを地面から拾い上げ、しばらく星空を見上げて行くべき場所を考えた。

今は何月何日の何時何分なのかを知るのが先決である。過去か未来かでは大違いだからな。

とっとと坂道を下りるとしよう。途中にコンビニがあったはずだ。そこらの民家に飛び込んで「今は何日だ？」と尋ねても精神の具合を悪くした高校生として、しかるべき所に通報されるだけだろうし、それより日時の知れる所に行ったほうがいい。

「しかし暑いな……」

着ているのが冬用制服なんだからしかたがないとは言え、足に汗でくっつくズボンの内側が鬱陶しい。ポリエステルの開発者がこの時ばかりは恨めしい。しかもこの制服は冬でもたいして暖かくないのだ。中途半端な制服だぜマジで。

そんなことを考えるのも多少は頭が回り出したおかげかもしれない。もともと俺は冬の寒さに凍えながら春の到来を待ちわびるより、夏の暑さに文句をつけながら団扇でも煽いでいるほうが好きなのだ。それに高校一年の夏には様々な思い出がある。たいていは疲労したり脱力したり呆れたりだったものの、まあ過ぎてしまえばいい経験だった。朝比奈さんの水着も拝めた。冬にはまだSOS団的なイベントをほとんどしていない。

喰うはずだった鍋の味を考えながら十五分ばかり道を下っていると、やっと目当ての明かりが見えてきた。下校途中、たまに買い食いするコンビニエンストア。少なくとも、今はこの店ができる以前でも退店した以後の時間でもないようだ。

自動ドアが開くのももどかしく、入ってすぐ俺は壁際を見上げた。冷房の感触に慣れるまで少しかかる。その間、アナログの壁掛け時計に熱い視線を注ぎ続けた。

八時三十分。

夜だから午後に決まっている。

では日付は？　今日は何年の何月何日なのだ。カウンターの前に何種類もの新聞がまとめて展示されている。どれでもいい。俺は一番手前のスポーツ紙を一部引き抜いて超特急で広げた。記事もどうでもいい。すべて誤報であっても問題ではない。だがどんな捏造タブロイド紙だって、紙面の一番上にある日付だけは嘘っぱちを印刷したりはしないだろう。

泳ぎがちの視線を何とか固定し、俺は見た。

普遍的ラッキーナンバーのゾロ目が目に飛び込んできた。

いつの？　記された西暦をなめるように確認する。店員の兄ちゃんがウザったそうにしているが、かまうもんか。

四桁の数字を何度も見直す。さっきまでいた十二月時代の西暦から、このスポーツ紙に印刷されている西暦の数字を引く。単純な計算だ。子供でも解る。

「そういうことか、長門……」

俺は新聞から顔を離し、大きく息を吐いて天井を仰いだ。

全国一斉七夕デー。

今は、三年前の七月七日だ。

三年前の七夕。今日この日に何があった？

狂想曲のような『今年』の七夕、部室で短冊に願い事を書いた後、俺は朝比奈さんに誘われるまま共に時間を遡行してこの時間に来た。そこで大人バージョンの朝比奈さんに再会し、夜の東中学に行くよう促された。それから校門に張り付いていた中学一年生時代のハルヒに直面し、グラウンドに石灰で宇宙に向けたメッセージを描くハメに陥った。

そしてTPDDとかいうタイムマシンみたいなものを紛失した朝比奈さん（小）を連れて長門のマンションに行き、二人してそこで三年ほど寝過ごすことで元の時間に戻ってきた……。

「ということは……」

引き算より簡単な計算だ。覚えていることをそのまま思い出せばいい。そうだ、俺はようやく手に入れたのだ。狂った世界を元に戻す、そのために必要な状況を。

だって、そうだろ？

足がガクガクしてきたのは、決して恐怖のせいじゃない。そうだとも。これは武者震いだ。

三年前。七夕。東中。絵文字。ジョン・スミス。

様々な要因が俺の頭の内部でこんがらがり、やがて結論を出した。実にシンプルで、明白な結論だ。もう一度言おう。

「ということは……」

ここには、彼女たちがいる。

魅惑のグラマー朝比奈さん（大）と待機モードの長門有希。

助けを借りられそうな人材が、この時間には二人もいるのだ。

後先考えず、新聞を放り出して俺はコンビニを飛び出した。そして走りながら考えた。
最初に三年前――今だ――に来たとき、光陽園駅前公園のベンチで目を覚ました俺に朝比奈さんは、現時刻を「午後九時頃」と言ったはずだ。三十分も走ればここから そこまで何とか間に合う。問題があるとすれば何者かによる世界改変がこの時間にまで及んでいたのかどうかだが、だとしたら俺がここにいるはずもないだろう。なんとしても朝比奈さん（大）かマンションにいる長門のどちらかに接触しなくてはならない。あるいはその両方にだ。ならば目指す場所は二つあることになるが、今行くべきはあそこだ。

マンションに住んでる長門には後でも会える。しかし朝比奈さん（大）には、あの時あの場所でしか会えない。

女教師みたいな格好で訪れた成長した朝比奈さん。俺に白雪姫のヒントをくれ、すぐに帰っていったもっと未来の朝比奈さんだ。眠り姫となった朝比奈さん（小）のほっぺをつっつき、楽しそうに微笑んだ彼女を昨日のことのように覚えている。

あの朝比奈さんなら俺のことも解ってくれる。そうであるはずだった。

その公園は駅前にほど近く、なのに周囲の人通りは少ない。夜という時間帯のせいでもあるだろう。だから夜に蠢き出すあやかしにとっては都合のいい場所とも言える。ここは変わり者の聖地なのだ――と七夕の日に俺は思い、今もそう思っている。

あからさまに登場するわけにもいかないので、俺は夜陰に紛れるように公園を囲うブロック塀に沿って歩いている。塀と言っても高さは俺の腰程度で、そこから上は俺の背丈程度の金網になっている。しかし周囲には定間隔で樹木が植えられているから、真っ昼間ならともかく夜に公園内から見つけられないように中を窺うのは簡単だ。むしろ背後の道を行く通行人に変な目で見られることのほうが注意事項だろう。

あの時に俺が目覚めたベンチの場所を思い描きながら、俺はじりじりと塀沿いに移動していた。格好のポイントを探す。

時間はまさに午後九時を過ぎようとしている。

垣間見るという行為はまさに俺が今やっていることだろう。首を伸ばし、青々と茂る木々の間から俺は目的の光景を見た。

「……あれか」

映画に出演している自分を見ているような、あるいは自分の姿を客観的に見下ろしている夢を見ているようだ。

「しかし、まあ何という……」

外灯の光に照らされたベンチがスポットライトを浴びたように暗闇に浮かび上がっていた。遠目からだが見間違えようがない。二人とも北高の制服を着ている。全部、記憶通りだ。

かつての俺と朝比奈さんがそこにいた。

その『俺』は横になって朝比奈さんの膝を枕代わりに寝ていた。あれでグッドテイストな夢を見ていないのであれば、そっちのほうが嘘だろうな。地球上で最も貴重なものを枕に寝てんだ、あの状態で健やかでなければこの世に安眠の素など存在しなくなるっていうもんだ。

膝枕をしている朝比奈さんは自分の太股に乗っている俺の顔を覗き込み、耳に息を吹きかけたり引っ張ったりして遊んでいる。何て羨ましいことをされてんだ……いや、されたんだ俺は。

一瞬、『俺』を引っぺがして俺がその役を演じたくなったが、どうにか衝動を抑え込む。あの時の『俺』は別の俺を見てはいない。なら、ここで俺が飛び出したりしては帳尻が合わないことになる――のかな？　何にせよ時空の混乱をこれ以上自ら招くことはない。

俺は意思と関係なく動きそうな身体を自制して、ピーピングトム（解りやすく言うとノゾキだ）の任を続行した。こんなわやくちゃな状況下でも自分を保っている俺は比較的人格者なのかもな。誰かに誇りたい気分だよ。

そんな感慨に満たされながら観察していると、朝比奈さんが何かを言うように唇を動かし、膝枕で寝ていた『俺』は身じろぎをして、のっそりと身体を起こした。今の俺がいるところには声が届かない。だが覚えてはいる。朝比奈さんは「起きた？」と言ったはずだ。

『俺』と朝比奈さんはちょぼちょぼと会話をしているようだったが、すぐに朝比奈さ

んはくたりと『俺』にもたれかかり――、
　ガサガサと揺れたベンチの背後の植え込みから、あのお方が登場した。

　白い長袖ブラウスに紺色タイトスカートという女教師みたいな格好を忘れるはずもない。

　五月の終わり頃、彼女は俺を手紙で呼び出して白雪姫のヒントを与えた。ついでに自分の星形ホクロの位置まで教えてくれた。そしてこの日、七夕の日に朝比奈さん（小）を眠らせてハルヒのもとに行くように指示して、あっさりと立ち去ってしまった……。

　朝比奈さん大人バージョン。

　背丈とプロポーションが何年か分加算された、未来人朝比奈さんのさらに未来の姿。朝比奈さん（大）。

　あの時のままだ。

　如実に思う。俺は三年前の七夕の日にいる。すべてが記憶にある筋書き通りだった。

　朝比奈さん（大）は『俺』に二言三言話しかけると、しゃがんで朝比奈さん（小）のほっぺを指で押したり身体を撫でたりしてから、また立ち上がって『俺』に何やら話しかけた。

　――ここまであなたを導いたのはこの子の役目で、ここからあなたを導くのはわたしの役目です。

――あー、これはいったい……。

そんな感じのやり取りだったはずだ。

呆然とした態度の『俺』に、朝比奈さん（大）は言うべき事を言い終えると、未練を感じさせることもなく公園の外へと歩き始めた。外灯のスポットから退場する。東中方面とは反対側の公園の出口へと向かっていることに、俺は今初めて気づいた。『俺』のほうはまだぼやぼやしている。眠り姫となった朝比奈さん（小）の横顔を見下ろして何か考えている素振りである。何だっけなと思ったのも数瞬で、俺は記憶遡行の旅を放棄した。朝比奈さん（大）の姿を見失うわけにはいかない。

隠れていた物陰から身体を浮かせ、急ぎ足で公園の外側を回った。もはや身を隠す必要はない。なぜなら俺が『俺』だったとき、『俺』は俺を見ていないからだ。この時の『俺』は、他にこの時間にやってきた俺を見てなどいない。思いつきもしなかった。当たり前だ。まさかここまで俺の時空がねじれているとは、過去の『俺』がチラリとでも発想できたはずがないだろう。背中の朝比奈さんが気になるあまり、他に何を考えることもなかった、その『俺』を顧みず、俺は走る。

公園の角を曲がると百メートルほど前方に彼女はいた。こちらに背中を向けて歩いている。ハイヒールが立てるカツカツという音がリズミカルに聞こえた。急いでどこかに行こうとしている様子ではなさそうだが、あいにく俺は彼女に急ぎの用事がある。ここで見失うことがあったら何のためにここまで来たのか知れたものではないじゃないか。

再び俺は走り出した。近づくにつれて、夜の僅かな光の下でも綺麗に伸びた手足やセミロングのふわふわ髪が輝いているかのように見えてきた。後ろ姿だが間違いない。すぐに追いついて、俺は呼んだ。

「朝比奈さん！」

ぴたり。小気味よく歩いていたヒールの音が止まった。背中に柔らかくかかっている栗色の髪がふわりと揺れる。スローモーションのようだった。ゆっくりと彼女が振り返る。

俺は彼女のセリフを予想した。

――なぜ？　さっき別れたばかりなのに。

――追いかけてきた……んじゃないですよね。

――あれ、もう一人のあたしは？

どれでもなかった。

「こんばんは、キョンくん」

記憶にある通り、美しい顔をした彼女は、艶やかな微笑みで俺を迎えてくれた。

「あなたとはお久しぶりですね」

大人版朝比奈さんはそう言って片目を閉じた。五ヶ月ちょいのご無沙汰だ、この笑顔を見るのも。

朝比奈さん（大）は安心しきった子供のような表情で、

「でも、よかった。ちゃんとここで会えて。ちょっぴり不安だったんですよー。わたしがうっかりミスをしてないとも限りませんから」

今でもポカが多くて、と朝比奈さんは可愛らしく舌を出した。腰が砕けそうになるくらい魅力的な仕草だったが、ここでヘナチョコになってしまっては元も子もない。

この朝比奈さんは知っている。これから俺がどうすべきかを。

俺はもつれそうになる舌をどうにか制御して、

「朝比奈さん、あなたは俺がまた来ることを……。この時間、この場所に俺がもう一度来ることを知ってたんですか」

「ええ」と朝比奈さんは首肯した。「既定事項でしたから」

「七夕の日に、小さい朝比奈さんに俺を三年前の七夕……つまり今です、へ連れて行くように仕向けたのはあなたですね」

「はい。どうしても必要なことでした。でないと、今のあなたはここにいないでしょう？」

東中学の校庭に地上絵を描くことがなかったなら俺は中学一年のハルヒにジョン・スミスと名乗ることもなかった。当然、あの光陽園学院高校一年のハルヒもその名を知らないことになる。すなわち俺が繋がりを見つけることもできなくなっていただろう。その名前以外、先刻まで一緒にいたあのハルヒと俺との接点はなかったのだから、その結果、部室に五人が揃うこともなく、脱出プログラムも起動しなかった。

ここで疑問が発生する。もう一人のジョン・スミスとは……まさか。

「あなたですよ。キョンくん。今のあなた」

朝比奈さん（大）が白薔薇のような微笑みをくれた。

「立ち話では疲れますから、座れるとこに行きましょう。まだ時間はあるわ」

その笑みと言葉は、俺の身体を覆っていた焦燥と混乱を取り除くに充分なパワーを持っていた。

ここに朝比奈さん（大）がいるということは、未来はちゃんとある。十八日を境に狂ってしまった世界の未来ではない。俺と俺が知るハルヒや朝比奈さんの未来だ。

何とかなる。

安堵を誘う確信を俺は得て、それを裏付けるように彼女は言った。

「これからあなたを導くのはわたしの役目です。でも、それ以降は、あなたは自分自身を導かねばなりません。わたしはあなたの意志に従うだけ」

そうして片目を閉じた。膝が落ちそうになるくらいの、パーフェクトなウインクだった。

俺たちはさっきの公園に舞い戻り、『俺』と朝比奈さん（小）が座っていたベンチに改めて腰を下ろした。座る前、朝比奈さん（大）は祖先の遺品に触れるような顔と手つきでベンチを撫で、俺も何となく荘厳な気持ちとなって座った。温もりがまだ残っている。五ヶ月前、この三年前へとやって来た俺と朝比奈さんの温もりだ。

さっそく俺は切り出した。

「時間の流れはどうなっているんです？　俺がさっきまでいた時間と、この七夕が連続しているのは解ります。でなけりゃ俺は来られなかった。じゃあ朝比奈さん……あなたの未来とさっきの改変された時間は繋がっていないんじゃないですか？」

「詳しいことは話せません」

だと思った。禁則事項だからでしょう。

「いいえ」

朝比奈さん（大）は頭を振った。

「解るように説明できないからよ。わたしたちのＳＴＣ理論は特殊な概念上の方法論に立脚しています。それを解るように伝えるのは言葉では無理なんです。初めてわたしが正体を告白したときのことを覚えてる？」

川沿いの桜並木で、可愛い上級生でしかないと思っていた朝比奈さんの仰天未来人発言を俺は聞いた。

「あの時のわたしは全然要領を得ないことを言っていたでしょ？　あんな感じにしかならないの。混乱させるだけになるわ」

こんこんと側頭部をノックのようにつつきながら、朝比奈さん（大）は片目を閉じた。そんな何て事ない動作の一つ一つが色っぽい。

「言葉を用いない概念は言葉以外のものでしか伝えられません。わかる？」

わかりようがない。ただ頭グルグル状態の俺に、朝比奈さんは幼稚園児に微分方程式とは何かを説明するような口調で、

「うん、でも、あなたにもそのうち解ります。きっと。今のわたしに言えるのはそれだけ」

そのうち解る——ってのは夏休みの直前くらいにも他の奴から聞いた言葉だ。そうだ、長門もそんなことを言っていたな……。待てよ。

シナプスがヒラメキ電流を発し、俺は次のように応えた。

「夏休み前に……巨大カマドウマ事件で長門が言っていたあれは……。未来のコンピ

ュータが今のような物じゃないっていうのは、ひょっとして……」

「あ、鋭い。覚えてました？　そうです。わたしたちの、この時代でいうコンピュータとかネットワークに相当するシステムは、んーと、物質に依存してません。それはわたしたちの頭の中に無形で存在しています。ＴＰＤＤもそうなの」

なくなるはずがないのになくしちゃった、というアレだ。

「それがタイムマシンですか」

「タイムプレーンデストロイドデバイスです」

それこそ禁則事項なのではないんですか。

「うん、あの時のわたしにとっては禁則でした。今のわたしは、もうちょっと規制が緩くなっています。ここまで来るのにけっこうがんばったんだから」

ブラウスの前ボタンを弾き飛ばさんばかりに朝比奈さんは胸を張った。物理的にあり得ないようなプロポーションが強調され、俺の目を惑わすことしきりだったが、残念なことに精神のほうは今そこにある光景を視神経の保養所とする余裕を失っている。

俺は訊いた。

「何が原因なんです。俺のいた未来が変わっちまったのは解りました。でも、いつ変わったんですか？」

「詳しいことはこの時間にいる長門さんに聞いたほうがいいです。でも一つだけ、あなたのいた時間平面が改変されたのは、『今』から三年後の十二月十八日早朝です」

俺の体感では二日前のことだ。時間平面の改変か。てーことは……。俺は古泉が言ってた二通りの解釈を記憶から掘り起こした。パラレルワールドじゃないほうが正解だったか。

「そう。一夜にしてSTCデータ……ええと、世界自体が変化してしまったんです。あなたの記憶だけを残してね。遠い未来からでも観測できる、すごい時空震だったわ」

STCや時空震なるテクニカルタームに興味がないわけではなかったが、そんな些末なことにツッコミを入れる時間がもったいない。もっと重要な質問がある。

「朝比奈さんがここで待っていたということは、俺が巻き込まれた未来の異変を何とかするのも、あなたがやってくれるんですか？」

「わたしだけでは無理なの」顔を曇り気味にして、「長門さんの助けがいります。それから、もちろんキョンくんも一緒じゃないと」

「やったのは誰です？　どうせハルヒだと思いますが」

「違います」

笑顔を引っ込め、朝比奈さんは沈んだ声でおっしゃった。

「涼宮さんではありません。他の人が犯人なんですよ」

「新たな登場人物ですか？　どっかの知らない異世界人野郎が――」

「いいえ」

俺の言葉を遮り、朝比奈さんはなぜか憂えた声で言った。

「あなたもよく知っている人です」


もう少し時間的余裕がある、と朝比奈さん（大）は腕時計を見せながら言って、SOS団での思い出を懐かしそうに語った。俺にしてみれば、その思い出すべてはこの一年以内のことなのだが、彼女にとっては何年も前のことらしい。ハルヒに拉致されて部室に連れて行かれたことから始まって、強制バニーガール、七夕の願い事とか島で出くわした殺人事件劇、盆踊りで着た浴衣、団員みんなでやった夏休みの宿題、映画のロケでの出来事……。俺の記憶深度の浅い部分にやってくるにつれ、朝比奈さん（大）の喋り方はだんだん遅くなった。

俺は自分の未来エピソードが聞きたくて彼女が口を滑らすのを期待していたのだが、さすがにこの朝比奈さんは慎重だった。本当に四方山話しかおっしゃらない。

「たいへんだったけど、全部いい思い出です」

最後にとってつけたような総評を述べ、朝比奈さんは口を結んで言葉を切った。そのまま黙って俺を見つめ続けている。

　俺も何かそれらしい感想を言ったほうがいいのかなと考えていると、柔らかくて温かいものが俺の肩に乗っかって、それは朝比奈さん（大）の頭なのだったが、いったいこの行為にどのような意味が隠されているのか、ぴったりくっついている彼女の身体の重みには同重量の黄金ほどの価値があるに違いないと脳ミソが渦を巻き始めるくらいに芳しい香りと感触が全神経に伝達され俺をダメ野郎にしようとしていた。シャツの布地越しに伝達する甘やかな体温。何かを伝えたいのだろうか。または俺から何か感じ取ろうとしているのか。目をつむって俺の肩に顔を寄せている朝比奈さん（大）、その唇が音もなく動く気配を感じる。声を出さずに彼女は確かに何かを言った。なんだったのだろう。

　まさかなあ、と俺は虚ろに考える。このままこの朝比奈さんも眠り込んでしまい、また背後から別の朝比奈さんが現れて、またまた変なことを言い出すのではないだろうな。そうやって俺は永遠にこの時間で違う朝比奈さんに出会い続けるのでは――。いかん、思考が脱水機に絡まった洗濯物のように同じ所で回ってる。なあ、いったい俺は何をしているんだ？　誰か教えてくれ。

　朝比奈さん（大）は一分くらいそうやって寄り添っていたが、

「ふふ」

俺の考えを読みとったように微笑んで、

「そろそろ時間です。行きましょう」

何事もなかったように立ち上がった。残念ながら俺も我に返る。そうだった。行かなくてはならないのだ。えーと、どこへ？

第二の行き先へ。

朝比奈さんの腕時計は午後十時前を表示していた。『俺』が中一ハルヒの共犯役として東中のグラウンドにイタズラ描きを施し、ベソをかく朝比奈さんの手を引いて長門のマンションに上がり込んでいる時間。その『俺』の時間はもう止まっている頃合いだ。

もう一度、長門の世話にならなきゃな。

「その前に」

朝比奈さんは心に染み入る笑みを満天の星空のように広げ、

「やっておかないといけないことがあるでしょう？」

公園から少し離れると、そこはもう住宅地である。

俺は朝比奈さんのキューに従い、路地裏から一歩踏み出した。

夜道の先に、威勢よく歩いている小さい人影があった。Tシャツ短パンから生える細い手足と半端に長い髪をせわしなく動かして歩き去ろうとしている。

「おい！」

遠目に見えるTシャツ短パンの背の低い影が振り返る。こっちに気づいたのを確認し、俺は手をメガホン代わりにして叫んだ。開き直り気味の音量で、

「世界を大いに盛り上げるためのジョン・スミスをよろしく！」

その中学一年生女子は、じっとこちらを見ているようだったが、なぜか怒ったような動作で向き直ると、そのままスタスタと歩いていった。

今どうにかしなくても北高を訪ねれば俺に会えると思っているからだろうか、ちっとも迷いのない去りっぷりだった。中途半端に長い黒髪に、俺は小声で付け加える。

「覚えておいてくれよ、ハルヒ。ジョン・スミスをな……」

この時はまだ十二歳のハルヒ、これからも東中で無茶なことをし続けるであろうハルヒに、俺は心の底から祈っていた。

忘れないでいてくれ。ここに俺がいたことを。

すっかり道順を暗記している高級分譲マンションへは、今や目をつむってでも行け

る。俺は斜め後ろで控え目に歩いている朝比奈さん（大）を同伴し、二十数時間前にもやって来た真新しい建築物を見上げていた。朝比奈さん（大）は、まだ誰も出てきてないのに俺の背後に隠れるようにナイスバディな身体を縮めて、

「……キョンくん、お願い」

哀願されて拒否する理由はまったくない。いつの時代の朝比奈さんでも、あなたの依頼を袖にするほど俺はへそ曲がりな人間ではありませんからね。

「ごめんね。わたし、ちょっと長門さんって今でも苦手で……」

そういや部室や前回ここに来たときの朝比奈さん（小）もそんな雰囲気だったな。ハルヒを除いて、宇宙人・未来人のどちらにもニュートラルに接していたのは古泉くらいだ。

「まあ、なんとなく解りますよ」

俺は思いやるように言い、玄関入り口のパネルでテンキーを708と押してからベルのマークが付いたボタンを押す。

数秒の間があって、ぷつんとインターホンが接続する。

無言と無音の二重奏が返礼となって俺の耳に届けられた。

「長門、俺だ」

――沈黙。

「すまん、ちょっと説明しづらいことが起きて、また未来からやって来た。朝比奈さんもいる。大人のほうの。ええとだな、異時間同位体だったか？」

——沈黙。

「お前の手を借りたい。というか、俺をここに飛ばしたのは未来のお前なんだ」

——沈黙。

「そこに俺と朝比奈さんがいるはずだ。時間を止められて客間で寝ている……」

玄関のロックがカシャンと解除された。

『入って』

インターホンごしに聞こえる長門の声が耳に心地よく響いた。いつものように冷たい静けさを伴った平坦な声。どこか驚きと呆れの旋律が混じっているような気もしたが、真実気のせいだろう。長門なら何でもありだ。この状況だって何とかしてくれる。でなきゃ、困るんだ。

ハイヒールで塀の上を歩いているような緊迫感を持って、朝比奈さんは俺のベルトに指を引っかけている。エレベータが口を開き、俺たちを吸い込んでから上昇する。

お馴染み、708号室へ。

ベルのボタンもあったが、そんな気分じゃない。俺は物言わぬ扉をノックした。ドアを隔てた向こうに誰かがいるような気配はしなかったが、鉄の扉はすぐに開いた。

「……………」

眼鏡をかけた小振りな顔が扉の隙間から覗く。俺をじっと見つめ、視線を振って朝比奈さん（大）に注目の眼差しを照準し、また俺に戻して、

「……………」

まるっきりの無表情で無言、何か適当な感想でいいから言ってくれよと頼みたくなるくらいの空虚な反応だった。まさしく長門だ。初対面時期の長門有希。とりつく島が皆無だった春頃の、そして『三年前』に『俺』が頼ったこいつそのままだ。

「入っていいか？」

考え込むような沈黙の後、長門は一ミリくらい顎を引いて、すっと部屋の奥へと下がった。イエスという意味で合っているはずだ。俺は背後で息を詰めている連れの美女に言った。

「行きましょう、朝比奈さん」

「ええ……。そうね、きっと大丈夫」

自分に言い聞かせているような口調である。

それにしても、いったい上がり込むのは何回目だ？　紀伝体では四回目、編年体では二回目ということになるのか？　俺自身の時系列がワヤになっている。よく体内時計が狂い出さないものだと思う。冬から夏に舞い戻ったり、三年前に二回も来たりし

ていれば体調がおかしくなってもよさそうなものだが、今のところ俺はまったく正常だ。むしろこれまでの人生でも数えるほどしかない冴えた思考を保っている。慣れてしまったのか？　こんな現実的とも思えない状況を多々繰り返すことで、通常の神経回路が焼き切れてしまったのかもしれない。

生活感皆無な長門の部屋は、記憶に留まっているままの殺風景さを俺の網膜に映し出した。以前の『三年前』と変わっておらず、五月に初めて訪問したときともまったくの同じ情景だ。

安心したのは、長門有希が俺の知る範囲での長門そのものってとこだ。無表情で無感動。何事にも狼狽したりしない、完全無謬な宇宙人の雰囲気そのままな。

靴を脱いでフローリングの細い廊下を進み、リビングルームに足を踏み入れる。長門はそこで待っていた。ぽつんと立って、俺と朝比奈さんに何を言うこともなく目だけを固定していた。仮に驚いているのだとしても、俺には長門の顔から一欠片の感情も読みとることは出来ない。もしかしたら長門にとって未来から俺がやってくるのは日常茶飯事になっているのかもな。そう何度もこの日にタイムスリップする事態になるとは思いたくないが。

「自己紹介の必要はないよな」

長門が座らないので俺と朝比奈さんも立ったままだ。

「この人は朝比奈さん大人バージョンだ。以前、お前も会ったことが、」と言いかけて、それは三年後のことなのだと思いだし、「いや、会うことになるんだ。でもまあ、朝比奈さんで間違いないから、別にいいよな」

長門は朝比奈さん（大）をセンター試験の数学ⅡBの設問を見るような目で見て、次に客間のほうへと視線を滑らせ、また俺の後ろに隠れるようにしているグラマーな身体を眺めて、

「了解した」

髪を揺らさない程度のうなずきを返した。

長門の視線を追っていた俺は、やはりどうしてもそこが気になる。リビングルームの隣、そこに襖で仕切られた特別な部屋がある。

「開けていいか？」

客間を指した俺に長門は頭を振った。

「開かない。その部屋の構造体ごと時間を凍結している」

残念のような、ホッとするような。

首筋に温かい息がかかった。朝比奈さん（大）の漏らした柔らかな吐息である。彼女も俺と同じ感想を抱いたらしい。俺と仲良く枕を並べて寝ている自分を見たら、朝比奈さん（大）は何を思うだろうか。訊いてみたい気もしたが、今は事情説明のほう

が先だ。

「長門、たびたび押しかけて来てすまないんだが、とりあえず話を聞いてくれ」

隣室で凍結されてる『俺』はどこまで話したっけな。七夕事件までのSOS団史くらいか。なら今の俺はその後のことを話せばいい。憂鬱だった春以降に発生したハルヒの退屈しのぎアレコレを経由して、俺の溜息の元凶となった映画撮影とその後日談までの約半年間の物語だ。そう、そこには長門、お前もいてだな、俺はお前の行動に助けられたり慌てたり色々あったんだぜ。一昨日目を覚ますまでな。それが何故かなかったことになっちまってて、それで俺はここまで来たんだ。長門製緊急脱出プログラムの助けを借りてさ。

詳細を語り始めると何時間もかかりそうなので、俺はハルヒに語ったやつ同様のダイジェスト版をお送りした。細かいところは飛ばして、大まかなストーリーラインだけを語る。こいつにはそれで充分なはずだ。

「……というわけで、俺がまたまた舞い戻ってきたのは、お前のおかげなんだ」

論より証拠とばかりに、ブレザーのポケットでしなびていた栞を取り出した。幽霊にお札を渡すような気分で、そいつを長門に示してやる。

「…………」

長門は栞を指先で摘み上げ、表面のフラワーイラストを無視して裏の文字に瞳を落とした。白亜紀の地層から液晶テレビを掘り出してしまった考古学者のような目でそれを見ている。そのままいつまでも見ていそうだったので、質問で割り込んだ。

「どうすればいいんだ？」

「わ、わたしは異常な時空間をノーマライズしたいと思ってます」

朝比奈さん（大）の声は、意中の男性に愛を告白するような緊張感にまみれていた。長門に対してはいつもおっかなびっくりだった朝比奈さんの習性は、何年後かになっても変わっていないらしい。この時の俺はそう思った。

「長門さん……。あなたに協力して欲しいんです。改変された時間平面を元通りにできるのはあなただけなんです。どうか……」

朝比奈さん（大）は神社の御神体を拝むように両手を合わせて目を固く閉じた。長門大明神様、俺からも頼むよ。部室に朝比奈さんがいて、入れてくれたお茶を飲みながら古泉とボードゲームやってて、その横にお前が彫像みたいに本を読んでいる姿があって、そこにハルヒが飛び込んでくるような世界を復帰させて欲しい。俺の願いもそれなんだ。

「…………」

栞から顔を上げた長門は、真摯な眼差しで虚空を見つめていた。朝比奈さんの緊張も理解できる。長門と意見が対立すれば勝つみこみはないのだろう。いったいこの世の誰が長門に太刀打ちできるのか。ハルヒくらいだ。

防音設備の行き届いたマンションの部屋には、ほとんど何の音も届かない。時間が止まっているような静けさだった。長門の目が俺の目と合わされた。肯定の仕草。あの、ミリ単位での首の動きだ。

「確認する」

と、長門は言い、何を確認するのかと問う前に目を閉じて、

「…………」

待つまでもなく目蓋を持ち上げ、闇色の瞳が俺に向いた。

「同期不能」

短い音の連なりを発して、俺をじっと見つめる。微妙に顔つきが違って見えたのは多分、俺の錯覚ではないと思う。春以降から夏にかけてのこいつの顔だ。古泉も気付いていた、出会った直後から微小な変化の途上にある長門の表情である。ただし冬までの長門には至っていない。

淡い唇が薄く開き、

「その時代の時空連続体そのものにアクセスできない。わたしのリクエストを選択的に排除するためのシステムプロテクトがかけられている」

意味は解らないが不安になる。おいおい、待ってくれよな。「手の施しようがな

い」とか言うんじゃないだろうな。

長門は、そんな俺の危惧をよそに、

「だが事情は把握した。再修正可能」

そっと栞の文字を指でなぞる。そして、新雪が積もる音のような声で説明を始めた。

「その時空改変者は涼宮ハルヒの情報創造能力を最大利用し、世界を構成する情報を部分的に変化させた」

聞き慣れた静かな声だ。赤ん坊時代にきいたオルゴールのサビのように、俺の心に染み渡る。

「ゆえに改変後の涼宮ハルヒには何の力も残っていない。情報を創造する力はない。その時空には情報統合思念体も存在しない」

よく解らないが、とてつもないことなのだろう。ハルヒの周辺にいた俺以外の人間たち、そのすべての過去を新しく生み出したのだから。女子校を共学にしたり、北高に通っていた奴の何割かをそっちに割り振ったり、それがちっともおかしくないように関係する人間すべての記憶を改変したり、『機関』の連中や宇宙人の長門と未来人の朝比奈さんにも違う人生を用意する。朝倉を再登場させ、北高の生徒からハルヒが存在したという記憶を消し、朝倉はいたがハルヒはいなかったという歴史を作り上げる。長門の親玉すら消してしまう。

むちゃくちゃだな。

「涼宮ハルヒから盗み出した能力によって、時空改変者が修正した過去記憶情報は、三百六十五日間の範囲」

つまり去年の十二月——俺が来た時間から見て——から、今年の十二月十七日までを改変したわけか。三年前の七夕——なんと今日だ——までは手が回らなかったんだな。おかげで助かった。ハルヒがあの七夕事件を覚えていたせいでここまで来られた。しかしいったい誰だ、そんなハルヒ並みのバカをやったのは。

長門は俺から視線を外さず、

「世界を元の状態に戻すには、ここから三年後の十二月十八日へと行き、時空改変者が当該行為をした直後に、再修正プログラムを起動すればよい」

じゃ、これから俺たちと三年後に行ってくれるんだな？　再修正をしてくれるのは、お前なんだろう？

「わたしは行けない」

なぜだ？

なぜなら、と長門は客間に指先を向けて、

「彼らを放置できない」

そこで寝ている俺と朝比奈さんの時間を凍結し続けるには、この時空を離れるわけ

にはいかないのだ、と解説する。長門は時報を告げるような声で、

「エマージェンシーモード」

「じゃ、どうしろってんだ」と俺。少し焦る。

「調合する」

相変わらず説明不足の物言いだ。

長門はゆっくりと眼鏡を外すと、両手で包み込むように持った。見えない糸に吊られているように、眼鏡は掌の上に浮かんでいる。普通の人間がやるのを見れば本当に見えない糸が指から伸びているんだろうが、言うまでもなく長門はそんな普通のことはしない。

ぐにゃり。

レンズごとフレームが歪んで、奇怪な渦巻き模様になったかと思うと、一瞬前まで眼鏡だったその物体は別の物へと変化していた。見たことのある形状だ。あまりお世話になりたくないと思わせる、人間ならば本能的に恐れおののくべき器具である。

俺は躊躇いつつ評した。

「でかい注射器のようだが……」

「そう」

無色透明な液体がたんまり充満している。そんなもので誰をどうしようというのだ。

「時空改変者に再修正プログラムを注入」

俺は注射器から生える鋭い針を見て反射的に目を背けた。

「あのさ……。もうちょっと穏便なやり方はないのか？　残念だが俺はすべての意味で無免許だ。刺す場所を間違えちまったら困るだろ」

長門は握った注射器に電源の切れた液晶ディスプレイ色の瞳を向けていたが、

「そう」

再び両手を開き、注射器を渦巻き状にして違う物を提示した。その形が何を表しているのかを悟って、俺は息をのんだ。

「また物騒な物を出してきたな……」

今度は拳銃だった。ただし口径はやけに小さいしステンレスのような材質をしている。

長門は金属光沢も生々しい新品のモデルガンみたいな小銃を掌に載せて差し出してきた。

「着衣の上からでも成功率は高いが、できれば直接皮下に撃ち込むことが望ましい」

「弾は？　まさか実弾じゃないだろうな」

外観から察するにはアルミかプラスチック製のようだが。

「短針銃。針の尖端にプログラムを塗布してある」

太い注射器で刺すよりは心理的な抵抗感は少ない。俺は銃を受け取って、あまりの軽さに驚きながら、

「ところで」

あえて訊かないでおいた質問をようやく発する。

「誰が犯人だ。世界を変えたのはどいつだ。ハルヒでないならそれは誰だって言うんだよ。教えてくれ」

朝比奈さん（大）が小さく息を吸い込むのが聞こえた。

長門は淡々と唇を開き、無表情にそいつの名を告げた。

第五章

「…………」

俺が発するべきコメントを到底探し得ないでいると、長門は朝比奈さん（大）に向かって、

「目標の時空間座標を伝える」

「あ、はい」

朝比奈さん（大）は忠実な大型犬がお手をするように片手を伸ばした。

「どうぞ……」

長門の指が、朝比奈さん（大）の手の甲にちょんと触れ、緩やかに引っ込められる。

……それだけ？　しかし朝比奈さん（大）にはそれだけでよかったようで、

「解りました、長門さん。そこに行って『彼女』を修正すればいいのね。難しいことではありません。そこの『彼女』には何の力もないはずですから……」

何事か決意したように握り拳を作る未来人に、宇宙人が言った。

「待って」

眼鏡をなくし、素顔を晒す長門はあくまでも淡々と、

「そのままでは、あなたたちも時空改変に巻き込まれる。対抗処置を施す」

音もなく手を伸ばしてくる。

「手を」

何だ。握手でもしようってのか。素直に俺は右手を差し伸べ、長門のひんやりした指が手首を握るのにドキリとした直後、

「…………」

すっと沈み込んだ長門の顔が俺の腕に寄せられ、

「うわ」

思わず声が出てしまった。だが、それも仕方のない反応だと思うね。屈み込んだ長門が俺の手首に唇を触れさせ、あまつさえ歯を立てているんだからな。映画の中で散々見た、朝比奈さんへの嚙みつき攻撃だ。

痛くはない。じゃれたシャミセンが時々するような、敵意の籠もっていない甘嚙みだ。しかし俺は、小さな犬歯が肌に刺さる感触をむず痒く味わっていた。確かに突き立っているのに痛みを派生させないのは、痛覚を麻痺させる物質が長門の唾液に混じっているのかも。まるで蚊だな。

五秒か十秒か、長門は俺の手を噛んでいたが、ゆっくりと顔を上げて、

「対情報操作用遮蔽スクリーンと防護フィールドをあなたの体表面に展開させた」

長門は赤くなってもおらず、照れもしていない。朝比奈さん（大）のほうが両手で口を覆って驚いているくらいだ。俺は妙な痺れを感じて手首を見やる。吸血鬼に襲われたように開いていた二つの穴が、見る間に跡形なくふさがっていく。映画撮影時の朝比奈さんのように、これで俺も長門特製ナノマシンを体内に混入されてしまったというわけだ。

「あなたも」

長門に請われ、朝比奈さんもおずおずと片手を震わせながら出して、

「……こうされるのも、久しぶりですね。あの時は本当にご迷惑を……」

「わたしは初めて」

「あ。そ、そうでしたね。つい……」

きゅっと目を閉じたまま、未来人は宇宙人の口づけを手首に受け、俺の時よりも短い気のする得体の知れないナノマシン注入時間を終えると、空咳を一つしてから、

「では、行きましょう。キョンくん。これからが本番です」

だとしたら、ずいぶん長い前振りでしたね。ですが、俺だって必死の前説をやってたんですよ。もう二度とやりたくないですが。

「ありがとな」

俺は冷静な顔を崩さずにいる部屋の主に呼びかけた。沈黙の権化と化した長門は何も答えない。表情に何の自己ピーアールもなかった。それなのになぜだろう。背筋を伸ばしてキリリと立つ長門の姿が、やたらと寂しげに見える。やっぱりそうなのか？俺の思ったとおりのことだったのか。

「また会おう、長門。しっかり文芸部で待っててくれよ。俺とハルヒが行くまでさ」

命を吹き込んだ雛人形のような動きで、宇宙人製有機生命体はカクリと首を縦に振った。

「待っている」

その小さな声に俺は胸に奇妙なモヤモヤが発生するのを自覚する。だが消し忘れたタバコの煙のようなモヤの正体が何かを考えるより早く、朝比奈さん（大）が、

「時間酔いするといけませんから」

ちょんと俺の肩を突っついた。

「目を閉じて」

言われたとおりにする。朝比奈さん（大）が正面に立つ雰囲気がする。両手首が握られた。

「キョンくん……」

ひそめた囁き声がとても甘美だった。サービスでキスの一つくらいはあってもいいのではないかね。

「行きますね」

どうぞどうぞ。いくらでも何回でも、キツイのをお見舞いしてください、と考えていると——、

劇的にキツイ立ちくらみがやってきた。目を閉じてて良かった。目を開けていてもブラックアウトしていたことだろう。安全装置の外れたジェットコースターに乗せられているみたいだ。血の気が引いているのか頭に上っているのか判然としない。重力源のつかめない浮遊感が連続し、瞑っているのに目が回る。気を失わなかったのは、ひとえに腕に感じている朝比奈さん（大）の肌の温もりが所以だ。

いったい何分俺はこうしているんだろう。何時間か？　空間認識能力と共に時間を把握する能力も失せている。そろそろ限界だ。吐きそうなんですけど、朝比奈さん……。

失礼してエチケット袋の代わりになりそうなものを手探りで探していると、

「ん……着きました」

消えていた足裏に接地する感覚が蘇った。冷たい大地の温度が靴下越しに伝わってくる。同時に、全身に作用する地球の重力も復活した。嘔吐感が嘘のように引いていく。

「もう目を開けていいです。よかった、長門さんの指示してくれた場所と……時間です」

見上げる。夜の空に輝いているのは冬の星座だ。空気が澄んでいるぶん、夏よりはっきりと見える。首の向きを変えると、民家の屋根の上に北高の校舎の頭が確認できた。

現在位置はどこかと見回してみる。夜陰に紛れていたが間違えようがない。数時間前にも俺はここにいた。ハルヒのポニーテールと古泉の体操服姿が場所の記憶と共にある。

偶然にもハルヒと古泉が着替えをした場所だった。偶然——だと思う。

それで、今はいつなのか？

腕時計を見た朝比奈さん（大）が教えてくれた。

「十二月十八日の、午前四時十八分です。後五分くらいで、世界は変化します」

二十日にエンターキーを押して三年前に飛んでった俺からしたら、十八日は二日前のことだ。その日、何の気なく目を覚ました俺はいつものように学校へ行き、すっかり様変わりした北高の様子に恐慌状態に陥った。存在しないハルヒに、いるはずのない朝倉。俺を知らない朝比奈さんと、普通の人間になってた長門。

なにもかもはここから始まったのだ。始まりの時に居合わせている現在の俺。ならば、始まらないようにすることだって出来るのだろう。そのために今、俺はここにいる。

シリアスな心意気に浸っていると、

「あ、靴。忘れて来ちゃった」

慌てたように朝比奈さん（大）が小声で呟いた。

居間から靴も履かずに来てしまったからな。さすが朝比奈さん、年を経てもうかつなところは変わってない。

「長門さん、保管してくれてるかなあ」

不安そうなお言葉に、俺は頬を緩ませた。だいじょうぶだと思いますよ。あいつは短冊だって三年間も保存していた。ならば靴だって捨てずに持っててくれてるでしょう。今度、あいつの部屋に行ったら下駄箱を見せてもらいますよ……。

のどかに考えていると、身体が急に電流に当てられたように震える。

裸足なのもさることながら夏から真冬に舞い戻ったおかげで異様に寒い。思わず提げていた制服のブレザーを着込もうとして、朝比奈さん（大）が両手で身体を抱きしめているのに気づいた。まあ、ブラウスとミニタイトの格好じゃこの気温の中では凍えるだろう。

「貸しますよ、どうぞ」

俺は上着を震える肩にかけてあげた。紳士的な振る舞いに勝手に自己満足する。

「あ、ありがとう。ごめんね」

何のこれしき、安いもんだ。あなたが三年前で待っててくれたから、俺はまたここに戻って来れたんですよ。それを考えれば着ている物を全部あなたにあてがってしまいたいくらいです。

「うふ」

朝比奈さん（大）は、見る人間の半数を腰砕けにするような色気と可愛らしさが絶妙にブレンドされた微笑みを浮かべ、すぐに真顔に戻った。

「そろそろ、です」

靴を忘れてきたのは正解だったかもしれない。足音を立てることなく歩けるからな。それでも俺と朝比奈さん（大）は呼吸もはばかるように抜き足忍び足で北高の校門前へと歩き出した。曲がり角で足を止め、尾行の標的を覗き見するように顔だけ出して暗い道の向こうへ視線を飛ばす。

街灯の数は少ないが、ちょうど門の前に一本だけ立っている。拡散したスポットライトのように、そこだけがぼんやりと明るくなっていた。充分な光源とは言えないものの、誰かがそこにいれば解るくらいの明るさではある。

「来ました……」

温かい手が俺の肩に添えられていた。朝比奈さん（大）の緊迫しつつも甘い吐息が耳たぶにかかり、平常心の俺なら途端に陶然とするところだったが、この場ではそんなリアクションも念頭から消えている。

時空改変者が夜の闇から街灯の下へと歩いてくる。

北高の制服だ。長門が言っていたとおりの人物である。そいつが俺たちの世界を変換し、ＳＯＳ団のメンツをバラバラにして単なる人間に変えてしまった張本人だ。俺の記憶だけを残し、俺以外の全員の記憶と歴史を変えちまった。

そいつが、今からそれをするのだ。

まだ飛び出すわけにはいかない。すべてを見届けてから、というのが長門のアドバイスである。いったんそいつに世界を改変させておいて、それから修正プログラムを撃ち込む。そうでないと俺が脱出プログラムを起動させる歴史が生まれないからなんだという説明には、まるで納得も理解もできないが、長門と朝比奈さん（大）にとっては自明のことらしい。この二人には時間がどういうふうに流れているのか解っているのだろう。俺には解らない。どうやっても解らないのなら、解る奴の指示に従うだけだ。あの長門は嘘を吐かない。いつだって生真面目な顔で俺たちの側にいてくれた……。

俺は長門のくれた短針銃を握り直して、その時を待つ。

そいつは、静かな歩調で北高校門前まで歩いて、暗がりに包まれた安物の校舎を見上げるように足を止めた。

セーラー服のスカートが風になびいている。

様子をうかがう俺たちには気付いていないようだ。長門が注入したナノマシンのおかげだろう。遮蔽スクリーンと防護フィールド。

そいつは不意に片手を挙げて、まるで空気をつかみ取るような動きをする。何者かに操られているような、妙に不自然な所作ではあるが、そうでないというのは俺には既知のものだ。

「すごい……」と朝比奈さん（大）が感嘆するように、「強力な時空震だわ。こんな力があったなんて……。実際に見ても信じられません」

見るも何も、俺の目には何一つ変化しているように見えない。単なる夜の続きだ。しかし朝比奈さん（大）には、何らかの手段で今まさに世界の歴史が改変されている工程が感じられているのだろう。未来人だからな、そのくらいはできるはずだ。

朝比奈さん（大）は身体を俺に預けるようにピッタリくっついている。本来ならここにいる俺たち二人も、そいつの世界改変に巻き込まれるところだったんだろうが、長門の嚙みつき行為によって免れているってわけだ。長門と朝比奈さん（大）。やはりこの二人がいないとダメだったんだな。俺は正しく行動したんだ。次の行動が、この事態を収束させる最後のアクションになるはずだ。ラストでトチるわけにはいかない。

息を殺して見ていると、そいつは手を下ろし、不意にこっちを向いた。俺たちが潜んでいるのに気付いたかと思いきや、単にキョロキョロしているようだった。

「大丈夫です。見つかっていません。彼女はたった今生まれ変わったんです。時空震……世界の改変が終了したの。キョンくん、今度はわたしたちの番です」

朝比奈さん（大）の硬く真面目な声が合図だった。

俺は闇から身体を逃し、校門へ向かって歩き出す。慌てなくても逃げやしない。案の定、そいつは街灯の光に照らされた俺の姿に気付いても、校門前での棒立ちを続けていた。変わったのは表情だけだ。その顔に驚きを見出して、俺はなんとなく憂鬱な思いを抱いた。

「よう」

俺は声をかけ、久しぶりに会う友人であるかのように歩み寄った。

「俺だ。また会ったな」

朝比奈さん（大）の口ぶりで漠然とは感づいていた。俺が知っている奴の中で、ハルヒ以外にこんなことができそうな奴は誰か。考えてもみろ。十八日以降、ＳＯＳ団の連中は全員変な秘密のプロフィールを失っていた。しかし性格までは変化していなかった。その中で唯一人、今までにない行動や表情や仕草を見せる奴がいた。

暗がりの中で、小柄な北高の制服姿が所在なげに立っている。どうして自分はこんな所にいるのかと悩む、目覚めたばかりの夢遊病患者のように周囲を見回すその姿は——、

「長門」

俺は言った。

「お前のしわざだったんだな」

眼鏡付きだった。これはあの長門だ。十八日以降の、文芸部の一部員でしかない長門有希。宇宙人でも何でもない、引っ込み思案な読書好き。

その眼鏡の長門はさらに驚いた顔をする。わけがわからないというような。

「……なぜ、ここに、あなたが」

「お前こそ、なんだってここにいるのか自分で解ってんのか？」

「……散歩」

長門は微かな声を出した。目を大きく開けて俺を見つめる少女の顔で、眼鏡が街灯の光を反射していた。それを見ながら俺は思う。

そうじゃない。そうじゃないんだよ、長門。

こいつは疲れていたのだ。ハルヒの思いつきに振り回されたり、俺の身を守ってくれたり、おそらく俺たちの知らないところで秘密の活躍をしていたり――、そんなことに色々な疲労が溜まっていたんだ。

ついさっきまで俺がいた長門の部屋で、三年前の長門は言った。

『わたしのメモリ空間に蓄積されたエラーデータの集合が、内包するバグのトリガーとなって異常動作を引き起こした。それは不可避の現象であると予想される。わたしは必ず、三年後の十二月十八日に世界を再構築するだろう』

そして淡々と、

『対処方法はない。なぜならそのエラーの原因が何なのか、わたしには不明』

俺には解る。

長門が自分でも理解できない異常動作の引き金が何だったのか。積もり積もったエラーデータとやらが何なのか。

それは思いっきりベタなシロモノなんだ。プログラム通りにしか動けないはずの人工知能でも、そんな回路が入っていないロボットでも、時を経たらそいつを持つようになるのがパターンなんだ。お前には解るまい。だが俺には解ることだ。たぶんハルヒにも。

俺は長門の困惑した顔を心ゆくまで観察した。文芸部員の儚い女子生徒は、居心地が悪そうに立ちつくすのみだった。その今にも消え入りそうな姿に俺は心中で語りかける。

――それはな長門。感情ってヤツなんだよ。

お前は無感動状態が基本仕様だから尚更だったんだろう。たまには喚いたり暴れたり誰かにお前なんかもう知らんと言いたかったことだろう。いや、こいつがそう思わなかったとしても、そうすべきだったのだ。そうさせてやるべきだったのだ。責任は俺にもある。ついつい長門任せにする癖のついていた俺の依存心。長門なら何とでもしてくれるだろうと考えて、そこで思考停止していた愚か野郎。俺はハルヒ以上に性質の悪いバカだ。誰を罵る権利もない。

おかげで長門は――こいつは世界を変えちまおうとするくらいにおかしくなっちまいやがった。

バグだと？　エラーだ？

うるせえ。そんなもんじゃねえ。

これは長門の望みだ。こういう普通の世界を、長門は望んだのだ。

俺の記憶だけを残して、それ以外を、自分を含めたすべてを変えてしまったのだ。

数日間俺を悩ませていた、この疑問の答えだって今なら自明だ。

――なんでまた俺だけを元のままにしておいたのか？

答えは単純、こいつは俺に選択権を委ねたんだ。

変えた世界がいいか、元の世界がいいか。俺に選べというシナリオだ。

「ちくしょうめ」

選ぶもくそもあるか。

確かにＳＯＳ団だけなら修復可能だとも。ハルヒと古泉は別の高校にいるが、そんなもんたいした障害にはならん。学外活動にしてしまえばいいだけだ。いつもの喫茶店を溜まり場とする謎のサークルにしちまえばいい。そこでもやはりハルヒはわけの解らんことを言い倒すだろうし、古泉は笑っているだけだろうし、朝比奈さんは狼狽しているだろうし、俺は仏頂面で遠い目をしているという情景が目に浮かぶ。そして長門も、あの情緒不安定な性格のままでそこにいることだろう。黙って本を読みながら。しかしな――。

それは俺の知っているＳＯＳ団ではない。長門は宇宙人じゃなくて朝比奈さんも未来人じゃなくて古泉も単なる一般人、ハルヒにも不思議な力は全然ないという、まことに常識的な、単なる仲良しグループでしかない。

それでいいのか。そのほうが良かったのか。

俺はどう考えていたんだ？　ハルヒの巻き起こす色んな出来事、非常識な事件の数々に、俺はどう思っていた？

うんざりだ。

いい加減にしろ。

アホか。

そろそろ付き合い切れねえぞ。

「…………」

心臓が強烈に痛む。

心ならずも面倒事に巻き込まれることになる一般人、ハルヒの持ってくる無理難題にイヤイヤながら奮闘する高校生。それが俺のスタンスのはずだった。

それでだ、俺。そう、お前だよ、俺は自分に訊いている。重要な質問だから心して聞け。そして答えろ。無回答は許さん。イエスかノーかでいい。いいか、出題するぞ。

——そんな非日常な学園生活を、お前は楽しいと思わなかったのか？

答えろ俺。考えろ。どうだ？　お前の考えを聞かせてもらおうじゃねえか。言ってみろよ。ハルヒに連れ回され、宇宙人の襲撃を受け、未来人に変な話を聞かされ、超能力者にも変な話を聞かされ、閉鎖空間に閉じこめられたり、巨人が暴れたり、猫が喋ったり、意味不明な時間移動をしたり、ついでに、それらすべてをハルヒに包み隠さなければならないというシバリの効いたルールで、不思議な現象を探し求めるSOS団の団長だけが何にも知らない幸福状態、張本人なのに気づけないってこの矛盾。

そんなのが楽しいと思わなかったのかよ。うんざりでいい加減にして欲しくてアホかと思って付き合いきれないか。はん、そうかい。つまりお前はこう思っていたわけか。

——こんなもん、全然面白くねえぜ。

そうだろ？　そういうことになるじゃねえか。お前が真実ハルヒをウザいと感じて、ハルヒの持ち出してくるすべてが鬱陶しいんだとしたら、お前はそれらを面白いなどと思わないよな。違うとは言わせねえぞ。明らかだろうが。

しかしお前は楽しんでいた。そっちのほうが面白かったんだ。

なぜかと言うか？

ならば教えてやるよ。

──お前はエンターキーを押したじゃねえか。

緊急脱出プログラム。長門の残したやり直し装置。

Ｒｅａｄｙ？

その設問に、お前はイエスと答えたんだ。

だろうが。

せっかく長門様が世界を落ち着いた状態にしてくれたのに、お前はそれを否定したんだ。四月に涼宮ハルヒと出会ってからこっちの、クダランたわけた世界のほうを肯定したんだよ。一つの学校に宇宙人だの未来人だのエスパー少年がフラフラしているような、妄想みたいな世界に戻りたいと思ったんだ。

なんでだ、おい。お前はいつもブツブツ言ってばかりだったんじゃないのか？　己の不幸を嘆いてばかりじゃなかったのか？

だったらよ、脱出プログラムなんぞ無視してりゃよかったじゃないか。そっちを選べば、お前はハルヒとも朝比奈さんとも古泉とも長門とも、普通の高校生仲間として知り合えて、ハルヒ先導のもと、それなりに楽しい生活を送れてただろうさ。ハルヒに何の力もなく、日常が歪み出すような現象とは無縁のな。

そこではハルヒは偉そうにするだけのただの人間で、朝比奈さんは未来人なんていう特殊属性を持ってない愛らしい萌えキャラで、古泉は背後に変な組織のない一般的な高校生で、そして長門もおとなしい読書好き少女で変な使命を持つこともなく変な力を発揮するわけでもなく誰かを監視したり誰かさんを守っていたりすることはなく、そうだな、いつもは無表情なのにしょうもないジョークに不意に笑ってしまった後に赤くなるような、時間をかけて少しずつ心を開いていくような、そんな奴になっていたかもしれないんだぞ。

そういった別の日常をお前は放棄しやがった。

それはなぜだ。

もう一度訊くぞ。これで最後だ。はっきり答えろ。

俺は、迷惑神様モドキなハルヒと、ハルヒの起こす悪夢的な出来事を楽しいと思っていたんじゃないのか？　言えよ。

「あたりまえだ」

俺は答えた。

「楽しかったに決まってるじゃねえか。解りきったことを訊いてくるな」

面白いかそうでないかと訊かれて、面白くないなどと答える奴がいたら、そいつはホンマモンのアホだ。ハルヒの三十倍も無神経だ。

宇宙人に未来人に超能力者だぞ？

どれか一つでも充分なのに、オモシロキャラ三連発だ。おまけにハルヒまでがそこにいて、より一層のミステリーパワーを振りまいているんだぞ。これで俺が面白くないわけないだろうが。そんな立場が不満だと言ったら、そんなことを言う奴を俺は半殺しにするかもしれん。

「そういうことだ」

俺は言った。開き直りと呼べばいい。

「やっぱりアッチのほうがいい。この世界はしっくりこねえな。すまない、長門。俺は今のお前じゃなくて、今までの長門が好きなんだ。それに眼鏡はないほうがいい」

その長門は俺を見返し、不審そうな表情を作った。

「何を言っているの……」

俺の知っている長門有希はこんなセリフは絶対言わないんだ。

この三日間、俺が異常に気付いた朝から今までのことをこいつは知らない。当然だ。この長門はさっき生まれ変わったばかりで、まだ俺と何も過ごしていない。文芸部室に飛び込んできた俺を驚きの視線で見上げたりもしていない。

この長門には、偽造された図書館での記憶しかない。それ以外の俺との思い出はこいつにとってはこれからのことだ。

以前、俺はハルヒと灰色の閉鎖空間に二人だけで閉じこめられた。古泉いわく、それはハルヒが新しい世界を創ろうとしたからだ。

長門が利用したのもそれだろう。長門はハルヒから例の謎パワーを掠め取ったか横取りしたかして、この世界を創造したのだ。

それは便利すぎる力だ。誰だって一切をやり直したいと考えるときがある。現実そのものを自分に都合良いように変えちまいたいと思うことだってある。

だが、普通はできないもんだ。しないほうがいいんだ。俺に一からやり直すつもりはない。だから俺はハルヒと一緒に閉鎖空間から戻ってきたんだよ。

今度のことは、神様だか何だか知らないがそのヘンテコパワーがハルヒから長門に移っただけだ。ハルヒは無自覚に、イカれた長門は自覚的に世界を変えた。

「長門」

俺は立ちすくむ小柄な人影に歩み寄った。長門は動かず、じっと俺を見上げている。

「何回言われても俺の答えは同じだ。元に戻してくれ。お前も元に戻ってくれ。また一緒に部室でなんかやってようぜ。言ってくれたら俺もお前に協力する。ハルヒだってそうそう爆発しないようになってきてたじゃないか。こんな要らない力を使って、無理矢理変わらなくていい。そのままでよかったんだよ」

眼鏡越しに見える瞳が、脅えたような色を浮かべる。

「キョンくん……」

朝比奈さんが俺のシャツの裾を引いている。

「この長門さんには何を言ってもだめよ。だって、彼女はもう自分を作り変えているもの。この長門さんは、何の力もないただの……一人の、女の子だわ……」

唐突に思い出す。

髪の長いハルヒ。俺をジョンと呼び、北高まで乗り込んできた神様でも何でもない一般人のハルヒ。俺の語ったSOS団物語に目を輝かせて聞き入り、「面白そう」と笑ったあいつ。

そのハルヒを好きだと言いやがった古泉のハンサムスマイル。俺の体操着を着て複雑な顔をしていた優良転校生。

入部届けを押しつけて自室に招いたあげく、嘘っぽちな俺との記憶を述べた眼鏡の長門。ぜひもう一度見たいと思わせる薄明のような微笑み。

あいつらとはもう会えなくなる。正直、心残りが皆無なわけじゃないさ。だが連中はもともと偽りの存在だったのだ。俺のハルヒと古泉と長門と朝比奈さんではない。

さよならを言いそびれたのは残念だが、俺は俺のハルヒと古泉と長門と朝比奈さんを取り戻す。決めた。

「すまん」

俺はピストル型装置を構えた。長門が身体を凍りつかせ、その反応にかなりの罪悪感を強いられる。しかしここに来て躊躇は無用だ。

「すぐ元に戻るはずだ。また一緒にあちこち出歩こう。とりあえずクリパで鍋喰って、それから冬の山荘でも行こう。今度はお前が名探偵をやってくれ。事件が発生した瞬間に解決するようなスーパー名探偵ってのはどうだ、それが――、」

「キョンくん！　危な……！　きゃあっ!!」

朝比奈さんの叫びと同時に、俺の背中に誰かがぶつかってきた。どん、という衝撃が身体を揺らし、街灯の光を受けた俺の影も揺れた。その影に何者かの影が溶け合っている。何だ？　誰だ？

「長門さんを傷つけることは許さない」

首をねじって振り向いた。肩越しに女の白い顔が見えた。

朝倉涼子。

「な……」

言葉が出なかった。脇腹に冷たい物が刺さっている。平べったい物が深々と体内に侵入している。やけに冷たい。激痛よりも違和感が勝る。なんだこれは。なんなんだ。なぜここに朝倉がいるんだ。

「ふふ」

笑うはずのない仮面が笑ったような微笑だった。朝倉は滲むような動きで俺から離れ、俺の横腹に突き刺していた血まみれの長い刃物を引き抜いた。

それで支えを失い、俺は錐のように回転しながら地に倒れ込んだ。その俺の目の前で——長門は腰を抜かしたように尻餅をついていた。わななく唇が、

「朝倉……さん」

朝倉は俺の血が絡みつくアーミーナイフを挨拶するように振った。

「そうよ長門さん。わたしはちゃんとここにいるわよ。あなたを脅かすものはわたしが排除する。そのためにわたしはここにいるのだから」

朝倉は嗤った。

「あなたがそう望んだんじゃないの。でしょう？」

嘘だ。長門が望むはずはない。思い通りに鳴かない鳥はいっそ殺してしまえなんて思ったりしない。違う。異常動作を起こした長門。その長門が再生させた朝倉も異常なヤツになったんだ。こいつは長門の影役だ……。

朝倉は俺の上に薄い影を落とした。朝倉の頭上に欠けた月が見えて、すぐ翳った。

「トドメをさすわ。死ねばいいのよ。あんたは長門さんを苦しめる。痛い？　そうでしょうね。ゆっくり味わうがいいわ。それがあんたの感じる人生で最後の感覚だから」

振り上げられるゴツいナイフ。その切っ先の下には俺の心臓がある。だくだくと血液が流れ出ている。これだけでもすでに致命傷じゃないのか……？　そんなことをぼんやり思う。現実感覚が遊離している。殺人鬼、朝倉。ここでのお前の役割はそれだったのか。長門有希のバックアップ……。

そしてナイフが振り下ろされ……。

閃光のように横から手が伸びた。

「――――！」

ナイフの刃を誰かがつかんでいた。素手で。

「誰!?」

素手だって……？　いつかどこかで見たような光景だな……。

混濁しつつある意識ではその顔がよく解らない。光が足りない。もっと光量を上げろ。街灯の光が逆光で顔が暗い。ショートカットの女……北高のセーラー服……眼鏡はない……くらいしか見えないぞ……。古泉……照明係は何をしているんだ……？

「あ……？」

疑問符付きの小声を出したのは、地べたに尻を付けている長門だった。眼鏡が街灯の光を反射して、表情までは見て取れない。恐怖か、驚愕か……。

「なぜ!?　あなたは……!?　どうして……」

朝倉が叫んでいる。ナイフを止めてくれた奴に言っているらしいが、その相手は無言のまま答えない。

朝比奈さんの声が間近で聞こえた。

「ごめんね……キョンくん。わたし、知ってたのに……」

「キョンくん！　キョン……。ダメ！　ダメだよう」

朝比奈さんの姿がだぶって見えた。一人は大人の朝比奈さん。もう一人は、子供のような俺の朝比奈さんだ。二人とも同じ泣き顔で俺の身体を揺さぶっている。朝比奈さんたち、痛いですよ？……。

……あれ、どうしてここに朝比奈さん（小）がいるのだろう。大人版朝比奈さんが取りすがってくれるのは解る。ここまで一緒に来たんだからな。でも、小さい方の朝比奈さんはどこから現れたんだ？　ああ、そうか。俺はよくて幻覚、悪けりゃ走馬灯を見ているんだ……。

苦痛よりも勢いよく流出する血の感覚が恐怖だった。

やばい、死ぬ。

辞世の句を用意していなかったことを悔やんでいると、誰かの気配が俺の頭の上に感じられた。そいつは俺と仲良く地面に転がっていた長門製注射装置を拾い上げる。

聞いたことのあるような、でも誰だか解らないような声が、

「すまねえな。わけあって助けることはできなかったんだ。だが気にするな。俺も痛かったさ。まあ、後のことは俺たちが何とかする。いや、どうにかなることはもう解ってるんだ。お前にもすぐ解る。今は寝てろ」

何を言っているのか、誰が言っているのか、どうなって何がなんとかなるのか、朝倉のトドメの一撃や地面に手をついている眼鏡の長門有希や二人の朝比奈さんや違う学校の制服を着ているハルヒやらの映像がまぜこぜになって、

俺の意識が消失した。

第六章

シャリシャリ。

耳に涼しい音が届いている。

闇の中、浮上しつつある意識の端っこで、俺はぼんやりと考えていた。

夢だったのかもしれない。何だか物凄く面白い夢を見ていたことを覚えていて目覚め後五分くらいはスゲーとか思っているのだが、歯を磨いているあたりで徐々にディテールがあやふやになって飯喰っているうちに霧散していき、気が付けばそれは「物凄く面白い夢だった」という輪郭だけしか残っていない。そんな経験なら何度もある。

そしてちっとも面白くない夢なのに詳細が明確にいつまでも脳裏にこびりついていることだって何度もあった。あるいは夢のようで夢でないものだったのかもしれない。ハルヒと閉鎖空間に籠もらされたあの夜のような、実際にあって、しかしなかったことになっている、あの記憶のように。

俺が目を開けたとき、最初に思ったのはそんなことだった。

白い天井が見える。自宅の俺の部屋ではない。朝か夕方か、透明感のあるオレンジ色の光が天井同様白い壁を彩っていた。

「おや」

徐々にはっきりしてくる頭に、その声は敬虔な信徒が聞く教会の鐘の音のように安らぎに満ちて聞こえた。

「やっとお目覚めですか。ずいぶん深い眠りだったようですね」

俺は首をねじ曲げて声の主を探した。そいつは横たわる俺の脇にいて、椅子に座ってリンゴの皮を果物ナイフで剝いていた。シャリシャリ。つるつると赤い皮が切れずに垂れ下がる。

「お早うございますと言うべきでしょうか。夕方ですけど」

古泉一樹の、穏やかな微笑がそこにあった。

見る見るうちに古泉はリンゴを一個丸裸にすると皿に載せ、引き出されたサイドテーブルに置いた。そして紙袋から二個目のリンゴを取り出して俺にニッコリ笑いかけた。

「目を覚ましていただいて助かりました。本当に、どうしようかと思ってたのですよ。おっと……、ぼんやりなさっておられますが、僕が誰だか解りますか？」

「お前こそ、俺が誰だか知ってんのか？」

「変なことを言いますね。もちろんです」

この古泉がどちらの古泉なのか、それは格好を見れば解った。

紺ブレザーの制服姿。黒い学ランではない。

それは北高の制服だ。

俺は被さっている掛け布団から片手を出した。点滴のチューブがぶら下がっている。

それを見つめながら、

「今はいつだ」

古泉はこいつにしては驚いた表情となって、

「目覚めて最初の質問がそれですか？　まるで自分の置かれている状況を把握しているようなセリフですが、お答えしますと今は十二月二十一日の午後五時過ぎです」

「二十一日か……」

「ええ、あなたが意識不明になってから、今日で三日目ですね」

三日目？　意識不明？

「ここはどこだ」

「私立の総合病院です」

俺は周囲を観察した。なんだか立派な一人部屋、そのベッドの上で俺は寝ている。

個室に入れられてるとはな。我が家にそんな財源があったとは知らなかった。

「僕の叔父の知り合いがここの理事長なので特別に便宜を図ってくれた——ということになっています」

　では、そうじゃないんだな。

「ええ。『機関』に頼んで手を回してもらいました。一年くらいは格安で寝泊まりできますよ。とは言え、三日で済んで僕も胸をなで下ろす気分です。いえ、お金の問題ではありません。僕がついておきながら何をしてたんだと、上に散々言われました。始末書ものですよ」

　二十一日の三日前は十八日だ。その日の俺に何が起きたのかと言うと……。ああ、そうか、俺は出血多量で死にかけて、それで病院に担ぎ込まれた……いや、待て、おかしい。

　俺は着ている病院服を怖々とめくり、右脇腹に触れてみた。

　何ともない。こそばゆいだけで痛くも痒くもない。三日で治る傷じゃないはずだ。誰かが修理してくれたのではない限り。

「俺がここにいる理由は何だ？　意識不明だって？」

「やっぱり覚えてないんですか？　無理もありませんね。ひどく頭を打ったみたいですから」

　俺は頭に手をやった。こちらも髪の毛しかなかった。包帯が巻かれていたりメッシュをかぶらされているわけでもない。

「そうなんです。不思議なことに外傷はまったくなかったんです。内出血もありませんでしたし、脳機能に異常も見られませんでした。どこが悪いのか、担当医も首を傾げていましたよ」

ですが、と古泉は言った。

「僕たちはあなたが階段から転がり落ちるところを目撃しました。それはもう、見事なばかりの階段落ちでしたね。正直言いまして青ざめました。なんとなく、そのまま永眠してもおかしくないようなすごい音がしましたからね。その時の状況を言いましょうか？」

「言え」

部室棟の階段を下りている最中に俺は足を滑らせたか何かして段差を踏み外した。そのまま頭から転がり落ちると、後頭部を踊り場の床に、ガーン！とぶつけて動かなくなった。

古泉の説明によるとそういうことになっているらしかった。

「大変だったんですよ。救急車を呼んだり、ぐったりしたあなたに付き添って病院まで来たりね。血の気の失せた涼宮さんなんてものを初めて見ましたしね。ああ、救急車を呼んだのは長門さんです。彼女の冷静さには救われました」

「朝比奈さんはどんな反応をしてた？」

古泉は肩をすくめて、

「あなたが思い描く通りだと思いますよ。泣きながら取りすがってあなたの名前を呼び続けていました」

「それが起きたのは十八日の何時頃の話だ。どこの階段だ」

矢継ぎ早に質問する。十八日と言えば世界が変わっちまって俺が慌てふためいていた初日である。

「それも覚えていないんですか？　昼過ぎのことです。ＳＯＳ団全体会議を終えた僕たちは五人で買い物に出かけようとしていたんです」

買い物？

「それすら記憶から飛んでしまいましたか。よもやとは思いますが、忘れたふりをしているんじゃないでしょうね」

「いいから続きを教えろ」

唇を緩めて古泉は笑う。

「その日の会議の主題は、ええとですね、二十五日のクリスマスの日に涼宮さんの地元で子供会の集会があるんですが、そこに我々ＳＯＳ団がゲスト出演するというものでした。朝比奈さんのサンタ衣装を有効利用しようというわけです。彼女がサンタ役を演じ、子供たちにプレゼントを配るという心温まるイベントですね。涼宮さんが手配をつけてきました」

いつも通り、勝手なことをしやがる。

「ですがサンタ一人ではリアリティに欠けると思ったのでしょう。涼宮さんは誰かにトナカイの着ぐるみを着せ、朝比奈さんを乗せて会場に登場するというシナリオを書いていました。クジ引きで決めたんですが誰がその役を射止めたか、それはどうです？ 思い出してきましたか？」

さっぱりだな。元々ない記憶を思い出すことが出来たら、そいつは立派な詐話師だ。別の病棟に入院する必要がある。だがこの古泉に言っても詮ないことだった。

「まあ、あなたになったんですけどね。そういうわけでトナカイの着ぐるみを手縫いすることにしたんですが、そのための材料を街まで買いに行こうと部室棟の階段を下りていたとき、あなたが落ちてきたんです」

「間抜けな話だ」

そう言うと古泉は小さく眉をひそめた。

「あなたは最後尾を歩いていました。ですから、その時の様子を見た人は誰もいません。我々の横を、こう、」古泉は右手に持ちかえたリンゴを転がり落として左手で受け止めるというパフォーマンスを演じ、「ゴロゴロと転がり落ちてきたのです。ですけどね」

　再びリンゴの皮むきを始めながら古泉は、

「ピクリともしないあなたに駆け寄った後、階段の上に誰かがいたような気がしたと涼宮さんは言っていました。踊り場の角で制服のスカートが一瞬翻って、すぐに引っ込んだような気がするとね。僕も気になって調べてみたんですが、その時間の部室棟には我々以外誰も残っていませんでしたし、長門さんも首を振りましたね。幻の女ですよ。誰かに突き落とされたかどうか、あなたの証言待ちだったんですが……」

　覚えていない。ここはそう言っておくのがベストなんだろう。ただの事故。俺の不注意が招いた単なる自損事故だ。てことにしておけ。

「見舞いはお前だけか？」

　ハルヒは、と言いかけてすんでのところで唇を止める。だが古泉はくすりと笑みを落とし、

「さっきから何をキョロキョロしているんです？　誰をお捜しでしょう。ご心配なく。僕たちは時間交代であなたを見舞うことにしているのです。あなたが目を開けたときに誰かが側にいるようにね。そろそろ朝比奈さんが来る頃合いです」

　古泉の視線が妙に気になった。エイプリルフールの嘘話をあっさり信じ込んだ友人を見て心で舌を出しているような、その目は何だ？

「いえ、あなたを羨ましく思っているだけです。羨望と言ってもいいでしょう」

この状況で言うセリフじゃないだろ。

「僕たち団員は交代制ですが、団長ともなると部下の身を案じるのも仕事のうちだそうでして」

古泉は剝き終えたリンゴを几帳面に切り分け、ウサギの彫刻を施してから台の上の皿に置くと、

「涼宮さんならずっとここにいます。三日前から、ずっとね」

指差された方角を俺は見た。古泉から俺のベッドを挟んで反対側。その床。

「…………」

いた。

寝袋にくるまったハルヒが、口をへの字にして眠っていた。

「心配していたのですよ。僕も彼女も」

哀愁に満ちた口調が芝居くさい。

「特に涼宮さんの動揺ぶりと言ったら……いえ、これはまたの機会にお話ししましょう。とにかく今は、あなたが真っ先にしないといけないことがあるでしょう？」

誰も彼もが俺に指示をしたがる。朝比奈さん（大）や、この古泉や……。だがそんなツッコミは封印だ。古泉が切りすぎているリンゴを誰が喰うんだというくらいのど

うでもいいことだった。

「そうだな」と俺は言った。

寝顔にイタズラ書き……ではない。それもまた、別の機会でいいだろう。これから何度だって来るさ、そんなチャンスはな。

俺はベッドに座ったまま手を伸ばし、怒ったような顔で眠る顔に指先を触れさせた。ポニーテールには足りない長さ。俺の目にはたまらなく懐かしい。その黒髪がむずかるように揺れた。


ハルヒが目を覚ます。


「……おが？」

何やら呻きながら薄目を開いたハルヒは、自分の頬をつねっているのが誰だか気づいた途端、

「あ!?」

寝袋に入っていることを忘れていたらしい。バネ仕掛けのように起きあがろうとしてあえなく失敗、ごろんと横回転してシャクトリ虫のように蠢いていたがワタワタと

這い出して、すっくと立ち上がるや否や、俺に人差し指を突きつけて叫んだ。

「キョンこらぁっ！　起きるなら起きるって言ってから起きなさいよ！　こっちだってそれなりの準備があるんだからね！」

無茶を言うな。だが、そんなお前の大声が現在の俺には何よりの薬だ。

「ハルヒ」

「何よっ」

「ヨダレを拭け」

唇と眉をぴくぴくさせながらハルヒは口元を慌ててぬぐい、そのまま顔をぺたぺたなで回しながら俺を睨め付けた。

「あんた、あたしの顔にイタズラ書きしてないでしょうね」

したかったけどさ。

「ふん。で、他に言うことはないの？　あんたさあ、」

思った通りに答えた。

「心配かけたようだな。すまなかった」

「わ、解ってるんだったらいいわよ。そりゃそうよ、団員の心配をするのは団長の務めなんだから！」

ハルヒの怒鳴り声を耳に心地よく聞いていると、ドアをノックするか弱い音がした。

古泉が如才なく立ち上がってスライド式ドアを引く。

　そこに立っていた第三の見舞客は、俺を見るなり、

「あ。あっあっ」

　うろたえた声を出して、花瓶を抱えたまま戸口に立ちつくした。ふんわりした髪、奇跡のように愛らしい童顔、背は低いけどグラマラスな北高の上級生。

「やあ……。朝比奈さん。どうも、」

　久しぶりなのかどうなのか、今の俺にはまったく解りませんけどね。

「ふえ……」

　朝比奈さんはボロボロ涙をこぼし始め、

「よかった……。本当に……よかったあ……」

　いつかみたいに抱きついて欲しいところだったし朝比奈さんもそうするつもりだったのかもしれないが、すっかり花瓶を離すことを忘れているみたいで、ただただ泣き続ける彼女だった。

「大げさねえ。ちょっと頭打って昏倒しただけじゃん。あたしはちゃんと解ってたわ。このキョンが目を覚まさないわけはないの」

　ハルヒはどこかうわずった声で、俺を見ずに言う。

「だってあたしが決めたから。ＳＯＳ団は年中無休なんだからね。絶対みんなが揃っ

てないといけないの。頭打ったからって、眠りっぱなしになってるからなんて、そんな理由じゃ病欠は認めらんない。解ってる？　キョン、三日分の無断欠席は高くつくわよ。罰金だからね、罰金！　それと延滞料も！」

古泉は軽やかに微笑み、朝比奈さんは大粒涙を床に落とし続け、ハルヒはあらぬ方角を向いて一見怒っているように見える。

その全員を見ながら、俺はうなずいて肩をすくめた。

「解ってるよ。延滞込みで、いくら払えばいいんだ？」

ハルヒは俺を睨み、嘘のような笑顔となった。単純な奴だ。

その場で俺は人数分茶店奢り三日間を言い渡され、どうやら定期を解約しないといけないらしいと考えていると、

「それからね」

まだあるのか。

「うん、だって心配料は別枠だもん。そうだわ、キョン。クリスマスパーティでね、あんたトナカイの衣装着てあたしたちの前で一発芸を披露しなさい。あたしたち全員が大ウケするまで何回でもやり直しなんだからね！　つまんなかったら異次元にすっ飛ばすわよ！　ついでだから子供会でもやんなさい。いいわねっ！」

ハルヒはプリズムのように瞳を輝かせ、再び俺に人差し指を突きつけた。

目が覚めたはいいが即退院とはいかない。駆けつけた医師による問診の後、俺は検査室に運び込まれて様々な機械にかけられた。改造人間にでもしようかというような勢いすら感じられ、俺はほとほとウンザリする。おまけに、もう一日が様子見と各種検査によって費やされることになって、今夜も病室で寝泊まりしないといけないらしい。今夜もと言いつつ俺にとっては今日が初めてだし、入院なんかしたこともなかったからいい機会かもしれない。

　ハルヒと古泉、朝比奈さんは、俺のオフクロと妹が来るのと入れ違いに帰ってった。いちおう遠慮したものと見えるが、そんな神経がハルヒにあったとは驚きだ。

　妹と母親の相手をしながら、俺は脳を回転させている。

　あのままだったらどうだろう。長門と朝比奈さんと古泉は単なる一人間で、非常識な正体をハナっから持っていない。長門は無口な本好き文芸部員、朝比奈さんは高嶺の花の上級生、古泉は他の学校の単なる転校生。

　そしてハルヒも性格がちょっとヒネているだけの女子高生だったとしたら。

　そこから始まる物語もあったかもしれない。現実認識がどうのこうの、世界の変容があだこうだといった、歪んだ日常とは無縁の物語。

きっとそこには俺の出番はまるっきりないのだ。俺は淡々としたスクールライフを送り、淡々と卒業していったことだろう。

それのどちらが幸せだったのか。

もう解っている。

俺は『今』こそが楽しかった。そうとでもしないと、死にかけてまで俺のやった行為はすべて無駄になってしまうじゃないか。

ここで質問だ。キミならどちらを選ぶ？　答えは明らかなはずだろう。それとも俺一人がそう思っているだけか？

やがて我が家族も帰途につき、消灯時間を迎えた病室で俺は天井を見上げていた。することもないので目を閉じて暗闇を求める。

俺のこの三日間。この世界の俺はその三日間をずっと眠って過ごしていた、らしい。

ならば――。

そうなるように改変しなければならない。

この世界は二度改変されている。あの長門が歪めた世界を再び改変して元に戻した世界が、ここだ。では誰が二度目の再改変をやったのか？

ハルヒではない。あの三日間のハルヒにそんな力はなかったし、ここのハルヒは改変されたことを知らない。

　では誰が？

　朝倉のナイフ一閃（いっせん）を素手（すで）で止めてくれたのは、そんなことが出来そうなのは、それをするだろう奴は——。

　長門しかいない。

　そして俺が意識を失う前に見た二人の朝比奈さん。大人でないほうの朝比奈さん、あれは俺の朝比奈さんだ。この世界にいる、俺がよく知っている愛らしい未来から来た上級生だ。

　加えてもう一人、あの声の主もそうだ。最後に俺に呼びかけた、どっかで聞いたことのある声。

　思い出そうと努力して、そんな努力は必要ないことに間もなく気付いた。

　あれは俺の声だ。

「なるほど、そうか」

　と言うことは、だ。

　もう一度、俺はあの時間に行かなくてはならないのだ。十二月十八日の朝っぱらまで時間遡行（そこう）しなくてはならない。この時間にいる朝比奈さんと長門と三人で。

そうして、世界を今ここにある形に戻すのだ。

朝比奈さんの役目はあの時点に俺と長門を連れて行くこと。長門の役目は狂った三日間と狂わせたあの長門の正常化だ。またハルヒの力を借り受けるのか、情報統合思念体がそれをするのかは知らないが。

でもって俺にも役目がある。

だってそうだろう？　俺はあの時、自分の声を聞いた。聞いたからこそ今の俺がある。俺を俺にするために、俺は過去の俺にセリフを投げかける必要がある。

「すまねえな。わけあって助けることはできなかったんだ。だが気にするな。俺も痛かったさ。まあ、後のことは俺たちが何とかする。いや、どうにかなることはもう解ってるんだ。お前にもすぐ解る。今は寝てろ」

セリフを練習してみた。たしかこんな感じだったと思う。一語一句違ってやしないかどうかは自信がないが、だいたい合ってるよな。

凶刃に倒れた自分の代わりに、例の注射装置を使うのもこれからの俺なわけだ。

マッドな朝倉の襲撃から助けてくれなかった理由もよく解る。あの声の俺は、あの時慌てて駆けつけたのではなく、あらかじめ近くに隠れていたに違いない。朝比奈さんと長門とともに、出てくるタイミングを計っていたのだ。早すぎず遅すぎず。俺は朝倉に刺されなければならなかった。なぜなら、あの時の俺にとって、それは確かにあった過去だったからだ。朝比奈さんならこう言うだろう。
「既定事項です」、と。

夜も更けてきたが、まだ眠ってしまうつもりはない。

俺は待っていた。何を待つかって？　決まっているじゃないか。ここにやって来なければいけない奴の中で、まだ来ていない奴だ。そして来なければ絶対的に嘘だと思われる奴だ。

ベッドに横たわりながら俺は天井を見つめ続け、それが報われたのは深夜になってからのことだった。面会時間はとっくに過ぎている。

病室の扉がゆっくりとスライドし、通路の光が小さな人影を床に落とす。

この日、最後に俺を見舞いに来たのは、セーラー服を着た長門有希の姿だった。

長門は、いつもの無表情でこう言った。

「すべての責任はわたしにある」

安心するほど平坦な声で、なんだか途方もなく久しぶりに聞いた気のする口調だった。

「わたしの処分が検討されている」

俺は頭をもたげる。

「誰が検討してるんだ？」

「情報統合思念体」

自分のことではないように、長門は淡々と続けてこう語った。

もちろん長門は、自分が十二月十八日未明にしでかすことを知っていた。俺と大人版朝比奈さんが三年前の長門に会いに行ったせいだ。知った上で、ああなることを避けようと努力をしていた。しかしどうにもならなかった。たとえ事前に知り得た未来でも回避することができない場合がある。いや、あったのだ……。

夏以降、どこか違って見えた長門の挙動が頭をよぎる。

「だとしても」と俺は口を挟んだ。「お前がバグることは三年前には解っていたんだよな。なら、いつでもいいから俺に言えばよかったじゃないか。文化祭の後でもいいし、何なら草野球以前でもいい。そうすりゃ俺だって十二月十八日の時点で素早く行動できたってもんだ。さっさと全員を集合させて、三年前に戻ることができたのに」

長門は決して笑うことのない表情で顔表面を覆っていた。そして、

「仮にわたしが事前にそれを伝えていても、異常動作したわたしはあなたから該当する記憶を消去したうえで世界を変化させていただろう。また、そうしなかったという保証はない。わたしにできたのはあなたが可能な限り元の状態のまま十八日を迎える

ように保持するだけ」

「脱出プログラムも残してくれただろ。充分だよ」

礼を言いつつ俺は腹を立てていた。長門にじゃない。自分にでもない。

淡い口調が病室の壁に小さく響いた。

「わたしが再び異常動作を起こさないという確証はない。わたしがここに存在し続ける限り、わたし内部のエラーも蓄積し続ける。その可能性がある。それはとても危険なこと」

「くそったれと伝えろ」

そう吐き捨てた俺に対し、長門は無言で首を二ミリだけ傾けた。パチリと瞬き。

俺は伸ばせるだけ手を伸ばし、細くて白い手を取った。長門は抵抗しない。

「お前の親玉に言ってくれ。お前が消えるなり居なくなるなりしたら、いいか？　俺は暴れるぞ。何としてでもお前を取り戻しに行く。俺には何の能もないが、ハルヒをたきつけることくらいはできるんだ」

そのための切り札を俺は持っている。ただ一言、「俺はジョン・スミスだ」と言ってやるだけでいいんだ。

ああ、そうとも。俺にはヘチマ並みの力しかないとも。しかしハルヒには唐変木な力がある。長門が消えちまったら一切合切をあいつに明かしてすべてを信じさせてやる。それから長門探しの旅に出るのだ。長門の親玉が何をして長門をどこに隠そうが消し去ろうが、ハルヒなら何とかする。俺がさせる。ついでに古泉と朝比奈さんも巻き込んでやろうじゃないか。宇宙のどこにいるのかも解らん情報意識体なんぞ知ったことか。んなもんどうでもいい。

長門は俺たちの仲間だ。そしてハルヒは、SOS団の誰かが行方不明になったとしたらそのまま放置するような諦観とはほど遠い。長門だけじゃない、俺や古泉や朝比奈さんが突如どっかに行っちまったとしても、たとえそれが本人の意思なんだとしても、あいつはそんなものを認めはしないだろう。何をどうやっても連れ戻すに違いない。涼宮ハルヒとはそういう女だ。身勝手で自己中で他人の都合を考えない、ハタ迷惑な俺たちの団長様なんだ。

俺は長門を強く見据えた。

「つべこべぬかすならハルヒと一緒に今度こそ世界を作り変えてやる。あの三日間みたいに、お前はいるが情報統合思念体なんぞはいない世界をな。さぞかし失望するだろうぜ。何が観察対象だ。知るか」

言ってるうちにますます腹が立ってきた。

情報統合思念体がどれだけ高度な連中なのかは知らん。きっととてつもなく頭のいい存在だか何かだろうよ。円周率の小数点下一兆桁まで二秒で暗算できるような、そんな感じの奴らなんだろうさ。恐ろしく高等な技だっていくらでも使えるよな。だったらな、と俺は言いたい。

この長門有希にもっとまともな性格を与えることだってできただろうが。殺人鬼になる前の朝倉みたいに、クラスの人気者になるような、明るくて社交的で休みの日に友達とショッピングモールで買い物してるような、そういう奴にだってできただろう。なんだって一人寂しく部屋に閉じこもって本だけ読んでそうな、鬱な娘を設定しやがったんだ。そうでないと文芸部らしくないからか？　ハルヒが目を付けそうにないからか？　誰の思い込みだそれは。

ふと我を取り戻せば、俺は長門の手を強すぎる力で握りしめていたようだった。だが、読書好きの有機アンドロイドはその行為に対しては何も言わない。

長門はただ、俺をじっと見つめたまま、ゆっくりとうなずき、

「伝える」

やはり平坦な声で呟いた。

「ありがとう」

エピローグ

さて、と俺は考える。

終業式はすでに終わって担任岡部から通知票を拝領し、今年中の高校生活はこれで終わりだ。

本日の日付は十二月二十四日。

消え失せていた一年九組とその生徒はちゃんと復活して、今回ほとんど出番のなかった古泉一樹もそこにいた。朝倉は半年以上前に一年五組から姿を消していたし、谷口は引き続き浮かれていたし、俺の後ろの席には今日もハルヒが陣取っていたし、風邪も流行ってなどいない。講堂で見かけた長門の顔には眼鏡がなく、終業式終わりに偶然出くわした朝比奈さん鶴屋さんコンビは揃って挨拶してくれた。通学途中に確認したところ私立光陽園学院もまっとうなお嬢様女子校に戻っていた。

世界は元通りになっている。

しかしながら選択権はいまだ俺の手の中にある。俺と長門と朝比奈さんがもう一度過去に——十二月十八日未明に——戻らないと世界はこの通りにはならない。行ったからこそ元通りになったのだ。だが、いつ行くかはまだ決めていない。朝比奈さんにも説明していない。彼女は大人バージョンの自分に事情を教えてもらっただろうか。ここ数日のお姿を拝見する限りでは、もう一つよく解ってなさそうだが。

「まったくな」

意味もなく呟き、部室棟へ続く廊下を踏みしめた。

サーキットで開催されるモーターカーレースのように俺は同じ地点に戻ってくるルールを背負わされているのかもしれない。二周目と三周目にそれほどの違いはなくて、あったとしてもそれを決めるのは俺の仕事じゃないが、オープニングラップとファイナルラップでは同じ道、同じ光景であろうと、まったく異なる意味を持つように見えるだろう。せいぜいリタイアに注意しながら最後まで走りきり、ゴールラインを無事通過できたらそれでいいのさ。そう、誰かがチェッカーフラッグを振るその時まで。

……まあ、それもこれも全部ひっくるめて余計な理屈でしかないのは解っている。どう言いわけしようとも無駄なことだ。なぜなら俺はこっちを選んじまった。ハルヒのような無意識ハッピー大暴走とはワケが違う。あくまで自らの意思で空回りするバカ騒ぎのほうを選んだのだ。

ならば、最後まで責任を取るべきだろう。

長門でもなく、ハルヒでもなく、朱に交わったあげく赤くなっちまったこの俺が。

「ざまーねえな」

気取ったつもりになって自嘲してみた。どうも様になってそうにないがかまやしない。誰も見てない。と思ったら、通りすがりの名も無き女子生徒と目があった。さっと視線を逸らしてささっと小走りで駆け上がる後ろ姿に呼びかける。ただし聞こえないように、

「メリークリスマスイブ」

陳腐なドラマの最終回なら白い結晶が一粒ハラリと落ちてきて、それを掌で受け止めながら「あ」とか何とか言うべき日なんだろうが、どうやらホワイトクリスマスになりそうになかった。今日は呆れるくらいの快晴である。

俺は階段の一段目に足を乗せた。

これで完璧に当事者の一人になってしまった。見てるだけでいいとか思ってた時期は、とっくの昔に銀河の彼方に消え失せて過去のものになってしまったわけだ。

「だからどうだって?」

今頃になって確認していてどうする。俺はこっち側の人間だ。んなもん、とうの昔に解っていたことだろうが。ハルヒに手を引かれて行った文芸部で部室乗っ取り宣言を聞いたときに。

　SOS団の他のメンツと同じく、俺はこの世界を積極的に守る側に回ってしまったのだ。誰から押しつけられたわけでもなく、望んで手を挙げたんだ。

　となれば、することは一つだろう。

　同じ倒れるのだとしても前がかりのほうが起きあがりやすいってもんさ。むしろ倒れた自分を助け起こしに行くのだから、結局のところそれは自分のためでもあるんだ。

　階段を上りながら、そろそろ開始される予定のイベントへと心を移した。買い出しは最終的にはハルヒと朝比奈さんの二人で行われた。荷物持ち係に内定していた俺だったが病み上がりということで免除が言い渡されたのである。ハルヒなりの配慮と言うよりは、ぎりぎりまでメニューを伏せておきフタを開けて中身に全員驚嘆——という計画であるようだ。孤島での経験を活かすつもりなのかもしれない。安上がりな闇鍋クリスマスパーティ。

　いったい何が飛び出てくるのかね。ハルヒのことだ、サプライズを優先させるあまり、人類の料理史においてかつてないような実験的猟奇鍋になっているかもしれない。けど、何がグツグツいってようがたいていのもんは煮たら喰えるよな。いくらハルヒでも自分の胃腸が消化できない物をぶち込んではいないだろう。あいつが怪獣並みの胃袋を持っているのなら別だが、常識外れなハルヒだって胃腸くらいは人間に準拠してるさ。人類レベルを超えているのは頭の中だけだ。

しかも鍋大会のオマケのように、俺はトナカイをかぶって余興を披露する手はずになっていた。ネタ考えるこっちの身にもなってくれよな。

「やれやれ」

先月封印を決意したばかりの感嘆詞が口を突いて出たが、なに、気にすることはない。発音が同じでもそこに込められている意味合いが違えば、それはやはり別の言葉なのだ。

後付けの弁解を組み立てながら、俺は脳内スケジュール帳に予定を一つ書き込んだ。その予定は既定事項だ。俺が現在もここにいることができるように、絶対しなければいけないことだ。

——近いうちに世界を復活させに行かなきゃならない。

部室に近づくにつれて、なんとも芳しい香りが鼻の粘膜を刺激する。それだけで腹が満たされそうな気分になってくるが、この満足感の正体はなんだろう。遠からず時間遡行して片を付けなきゃならないってのに、まだ何もしてないうちから満足してれば世話はない。

——でも、まあ、その前に。

時間はまだある。それをするのは今から未来の俺だ。遠い未来というわけにはいかないが、今すぐってわけでもない。

文芸部室のドアノブに手をかけて、俺は世界に問いかけた。

なあ、世界。少しくらいは待てるだろ？　再改変をしに行くまで、ちょっとくらい待機しててくれてもいいよな。

せめて——。

ハルヒ特製鍋を喰ってからでも、別に遅くはないだろう？

解説

尾崎世界観

　男子校に通っていた為、高校時代に良い思い出はほとんどない。通学途中、上野駅の地下道にはホームレスのおじさんが等間隔に寝そべっていて、そこで嗅ぐ鼻をつんざく刺激臭は眠気覚ましには十分だった。駅から高校までの道のりには、男子ばかりがぞろぞろと列を作っている。高校に着いて自分のクラスのドアを開ければ、教室内にも男、男、男、ひとつ飛ばして男。あの頃、いつも女子に飢えていた。だから、この物語を読んでいると悔しくてしょうがなかった。あの頃の自分にとって、教室に男女が混在していること自体が奇跡だからだ。ささいなことで言い合いをしたり、面倒な仕事を押し付けたり、押し付けられたり、憧れの先輩の一挙手一投足に気を揉んだり。そのどれもが輝いて見える。ギラギラのストロボにポケモンショックを起こさぬよう、目をつぶってやり過ごした。たとえ自分ひとりが違う世界に飛ばされてしまったとしても、元に戻る為に必死になるような思い出がない。そんな自分にも、もう一度戻ってやり直したい過去がある。あれは中学二年生の夏。密かに想いを寄せていた女子が自分のことを好きだという噂を聞いた。もう嬉（うれ）し過ぎて嬉し過ぎて、しばらくそのまま放っておいた。昔から、極端に嬉しいことがあると、しばらく寝かせる癖がある。例えば、大切な人からの嬉しい連絡があった時に限って、しばらく喜びをかみしめたいが為に、つい返信が遅れてしまう。この時も、すっかり噂に舞い上がって具体的な行動に移すのが遅れた。ある日、重い腰を上げて塾の帰りに公衆電話から彼女に電話をかけた。当時流行（はや）っていたPHSを彼女も持っていて、その番号を友達から聞いていたのだ。予（あらかじ）め用意しておいた十円玉を電話機の上に積み上げて、受話器をあげた。メモを見ながら番号を押して、受話器を握りしめて待つ。彼女を動物園に誘うつもりだった。喜んで弾んだ彼女の声を思い浮かべた途端、無機質で機械的な音声が流れた。

「おかけになった電話は電波の届かない場所にあるか、電源が入っていないためかかりません」

　目の前が真っ暗になった。大量の十円玉に、返ってきた一枚も付け足して、ポケットをじゃらじゃら鳴らしながら肩を落として帰った。数日後、彼女はまた新しい男子を好きになったという噂を聞いて後悔した。強いて挙げるなら、あのことをやり直したい。なぜか、いまだにあのことを引きずっている。あの時、もし電源が入っていたら、後に男子校に通うことを知っていれば、もっと必死になって積極的な動きをしていたはずだ。いい年をした今でも、時々そんなことを考えてしまう。だから、もう一度チャンスが欲しい。

この物語の中で印象的なのは、面倒なことに巻き込まれているのに悲愴感がない所だ。キョンは次々と降りかかる問題に振り回されているのにどこか嬉しそうで、読んでいて悔しくなってきた。お前、楽しそうじゃないか、代わってくれ、と思った。

この物語は、どこを探しても悪人が居ないし、出てくる武器さえも可愛らしい物だ。ただ、そのことを怖く感じる瞬間があった。他人に責任を押し付けて、怒りを燃料に前に進んでしまうのが一番手っ取り早い。それなのに悪人が居なければ元居た場所に戻ってくることは大切であり、また大変であることに改めて気づかされた。ずっと同じ場所に居続けることが一番難しい。進化とか退化とか、そんなことはいつだって出来るし、ただの結果に過ぎない。そして、そのままでいることや、ズレたものを元に戻すことにはある程度の覚悟が要る。その中でも特に、時間というものは厄介だ。止めることも戻すことも、極端に進めることだって許されない。だからこそ、時間軸を超えた過去や未来への興味は尽きない。それでも結局は、現在に帰ってくる為の過去であり未来であるはずだ。少し退屈に思える現在を肯定する為の、過去や未来だ。

でも散々やった挙げ句、結局また振り出しで、一体何の意味があったんだろう。そんなつまらないことは言いたくない。当たり前のことを見失ってしまうバカだから、過去や未来へ行くことが許されるんだろう。

やり直したい過去があればあるだけ、生活は豊かになる。この本を読んで、あの日ポケットを膨らませていた大量の十円玉の音が、懐かしくて愛おしくなった。

本書は、二〇〇四年八月に角川スニーカー文庫
より刊行された作品を再文庫化したものです。

涼宮ハルヒの消失

谷川 流

平成31年 2月25日　初版発行
令和7年 5月30日　5版発行

発行者●山下直久

発行●株式会社KADOKAWA
〒102-8177　東京都千代田区富士見2-13-3
電話　0570-002-301(ナビダイヤル)

角川文庫 21439

印刷所●株式会社KADOKAWA
製本所●株式会社KADOKAWA

表紙画●和田三造

ISBN 978-4-04-106770-3　C0193

角川文庫発刊に際して

角川源義

第二次世界大戦の敗北は、軍事力の敗北であった以上に、私たちの若い文化力の敗退であった。私たちの文化が戦争に対して如何に無力であり、単なるあだ花に過ぎなかったかを、私たちは身を以て体験し痛感した。西洋近代文化の摂取にとって、明治以後八十年の歳月は決して短かすぎたとは言えない。にもかかわらず、近代文化の伝統を確立し、自由な批判と柔軟な良識に富む文化層として自らを形成することに私たちは失敗して来た。そしてこれは、各層への文化の普及滲透を任務とする出版人の責任でもあった。

一九四五年以来、私たちは再び振出しに戻り、第一歩から踏み出すことを余儀なくされた。これは大きな不幸ではあるが、反面、これまでの混沌・未熟・歪曲の中にあった我が国の文化に秩序と確たる基礎を齎らすためには絶好の機会でもある。角川書店は、このような祖国の文化的危機にあたり、微力をも顧みず再建の礎石たるべき抱負と決意とをもって出発したが、ここに創立以来の念願を果すべく角川文庫を発刊する。これまで刊行されたあらゆる全集叢書文庫類の長所と短所とを検討し、古今東西の不朽の典籍を、良心的編集のもとに、廉価に、そして書架にふさわしい美本として、多くのひとびとに提供しようとする。しかし私たちは徒らに百科全書的な知識のジレッタントを作ることを目的とせず、あくまで祖国の文化に秩序と再建への道を示し、この文庫を角川書店の栄ある事業として、今後永久に継続発展せしめ、学芸と教養との殿堂として大成せんことを期したい。多くの読書子の愛情ある忠言と支持とによって、この希望と抱負とを完遂せしめられんことを願う。

一九四九年五月三日

角川文庫ベストセラー

GOTH
夜の章・僕の章
乙一

失はれる物語
乙一

死者のための音楽
山白朝子

エムブリヲ奇譚
山白朝子

ふちなしのかがみ
辻村深月

連続殺人犯の日記帳を拾った森野夜は、未発見の死体を見物に行こうと「僕」を誘う……人間の残酷な面を覗きたがる者〈GOTH〉を描き本格ミステリ大賞に輝いた乙一の出世作。「夜」を巡る短篇3作を収録。

事故で全身不随となり、触覚以外の感覚を失った私。ピアニストである妻は私の腕を鍵盤代わりに「演奏」を続ける。絶望の果てに私が下した選択とは？　珠玉6作品に加え「ボクの賢いパンツくん」を初収録。

死にそうになるたびに、それが聞こえてくるの──。母をとりこにする、美しい音楽とは。表題作「死者のための音楽」ほか、人との絆を描いた怪しくも切ない七篇を収録。怪談作家、山白朝子が描く愛の物語。

旅本作家・和泉蠟庵の荷物持ちである耳彦は、ある日不思議な〝青白いもの〟を拾う。それは人間の胎児エムブリヲと呼ばれるもので……迷い迷った道の先、辿りつくのは極楽かはたまたこの世の地獄か──。

冬也に一目惚れした加奈子は、恋の行方を知りたくて禁断の占いに手を出してしまう。鏡の前に蠟燭を並べ、向こうを見ると──子どもの頃、誰もが覗き込んだ異界への扉を、青春ミステリの旗手が鮮やかに描く。